琼 瑶

作 品 大 全 集

还珠格格

第一部 2

水深火热

琼瑶 著

作家出版社

琼瑶，本名陈喆，作家、编剧、作词人、影视制作人。原籍湖南衡阳，1938年生于四川成都，1949年随父母由大陆赴台生活。16岁时以笔名心如发表小说《云影》，25岁时出版首部长篇小说《窗外》。多年来笔耕不辍，代表作包括《烟雨蒙蒙》《几度夕阳红》《彩云飞》《海鸥飞处》《心有千千结》《一帘幽梦》《在水一方》《我是一片云》《庭院深深》等。

多部作品先后改编成为电影及电视剧，琼瑶也因此步入影视产业。《六个梦》系列、《梅花三弄》系列、《还珠格格》系列等，影响至深，成为几代读者与观众共同的记忆。

琼瑶以流畅优美的文笔，编织了众多曲折动人的故事。其作品以对于梦的憧憬和爱的执着，与大众流行文化紧密结合，风靡半个多世纪，成为华文世界中极重要的文学经典。

我为爱而生，我为爱而写

文字里度过多少春夏秋冬

文字里留下多少青春浪漫

人世间虽然没有天长地久

故事里火花燃烧爱也依旧

琼瑶

第十一章

　　小燕子在床上是躺不住的，没有几天，就下了床。书房也暂时不去了，规矩也不学了，她整天在漱芳斋里转来转去。因为伤还没好，是名副其实的"坐立不安"。何况，她心烦意乱，想的是紫薇，念的是紫薇。脑子没有片刻休息，看着窗外的天空，心里痒痒的，真恨不得自己变成一只真正的小燕子，飞呀飞的，就可以飞出那绿瓦红墙。

　　这天，永琪和尔泰结伴而来。

　　"身上的伤好了没有？还痛不痛？我上次送来的那个'九毒化瘀膏'，对外伤有很神奇的效果，是傅六叔从苗疆带回来的灵药！用九种毒虫子制造的，可以以毒攻毒，灵得不得了！你用了没用？"永琪仔细地看小燕子，见她行动不便，脸色也依然苍白，就关切地问。

"用了用了！"小燕子含含糊糊地点点头。

尔泰看小燕子心不在焉，忍不住大声说：

"这个药很名贵，很稀奇的耶！上次大阿哥问五阿哥要，五阿哥都舍不得给，你不要把它随随便便扔了！"

"我怎么会把它扔了呢？用了就是用了嘛！"

永琪打量小燕子，着急起来：

"我看你就是没用！要不然，怎么走路这么不灵活？真拿你没办法，伤在你身上，咱们又不能帮你上药！如果你是男孩子，我早已把你按下来上药了！"

永琪这句话一出口，小燕子想到"按下来上药"的情景，苍白的脸颊竟漾出一片红晕。

永琪见十分男儿气概的小燕子，忽然显出女性的娇羞，心里不禁一阵激荡。想到自己那句话说得未免太造次了，脸上也是一红。

尔泰看着二人的神情，心里震动了，若有所觉。

同时，一股微妙的醋意，就从心底升起。受不了他们两个眉来眼去，他大声喊：

"好了好了！"他看永琪，"你不是信差吗？信呢！"

永琪忙从怀里掏出一封信来。

"什么信！"小燕子又好奇，又惊讶，兴奋起来，"谁给我的信？是不是紫薇，赶快给我看！"

"紫薇说，你看完以后，一定要烧掉。不能留下来……"永琪说，忙着去关门关窗，察看小邓子、小卓子等人有没有把好风。

小燕子迫不及待，伸手一把抢过信，三下两下地撕开信封，抽出信笺，一看，只见是几幅画。

第一幅画着一只小鸟被关在笼子里，一朵花儿在笼外关心地观看。

第二幅画着一只小鸟在挨打，一朵花儿在流泪。

第三幅画着小鸟飞出笼子，拉着小花在跳舞。

第四幅画着小鸟儿戴着格格头饰，小花笑嘻嘻的，隐入云层，飘然而去。

小燕子看完了信，脸上顿时急得一阵红、一阵白，激动地大叫起来：

"不行不行！紫薇不可以这样待我！我就说嘛，她根本不了解状况……我要怎么样才能让她明白呢？她还在生我的气，你们都骗我，说她原谅我了，她根本没有原谅我！她骂我！还要我永远当格格，怎么可能？我会憋死的！不行不行……"小燕子一面叫着，就一屁股在椅子上坐下，这一坐，碰痛伤口，立刻跳起身子，大叫："哎哟！哎哟！"

永琪尔泰，一边一个，赶快搀扶住她，同时急声喊：

"你慢一点呀，身上有伤，自己不知道吗？坐，也得轻轻坐下去呀！"永琪喊。

"那个红木椅子硬得不得了，你要坐也得垫个垫子呀！"尔泰喊。

小燕子又咬牙，又跺脚，把两人甩开：

"不要你们两个来管我怎么坐！"

"好好好！咱们不管，你就站着吧！"尔泰关心地伸过头去，"你为什么这样激动？信里写了什么？你到底看懂没有？""怎么不懂？她写得清清楚楚！我讲给你听！"

小燕子拿着信，就气急败坏地说："她说，小燕子，你这个骗子，你这个混蛋！现在自作自受了，被关在笼子里，飞也飞不出来，动也动不了，还被打得乱七八糟！你害我，现在老天爷帮我惩罚你，这都是你的报应！你想出宫来，再跟我一起笑、一起玩，那是做梦，门儿都没有！你要当格格，我就让你当一辈子，我不理你！我走了，再见！"

永琪和尔泰，双双抽了一口冷气。

"你的解释，跟紫薇说的，怎么完全不一样？你字不认识，看画总看得懂呀！她是这个意思？"永琪问。

"你误会了，紫薇才不会写这些！"尔泰跟着说。

小燕子把画摊在他们面前，指着说：

"你们看！你们看，她就是骂我嘛！"

永琪把画看了一遍，叹了口气：

"我就帮你再译一遍，她说，小燕子，我知道你现在好痛苦，关在皇宫里，像坐监牢一样！我好关心，就是没办法进来看你！听说你挨了打，我急得一直掉眼泪。小燕子，你一定要忍耐，千万不要再闯祸！我相信，很快我们两个就会见面的！见了面，你就会知道，我还是和以前一样喜欢你！至于格格，你已经当了，就只好继续当下去，高高兴兴地当下去！我不论走到哪里，都会笑着祝福你！"

小燕子听得发呆了，瞪着眼睛看着永琪。

"她是这个意思吗？真的吗？"

"一点也不错，就是这个意思！"小燕子拿起那些画，颠来倒去地看，又翻来覆去地看。

"我看不像！她还是气我，还是骂我！"她不信地说。

"你怎么变得这么悲观？你仔细看看嘛！"永琪生气地喊。

"被皇阿玛打了一顿，我对什么都没有信心了！"小燕子拿着画，满屋子走来走去，忽然停在永琪和尔泰面前，扑通跪落地，拼命磕头，喊着说：

"让我出去见紫薇一面！你们想办法让我出去！我给你们两个磕头！"

永琪和尔泰，慌忙去拉她。

"干什么嘛？你是格格，这样跪在我们面前，给皇上看见了，你又要挨打了。怎么都打不怕呢？"尔泰喊。

永琪看着这样的小燕子，蓦然之间，下了决心，搂着小燕子，认真地说：

"好了好了！我豁出去了！管他呢！我答应你，你不要再急得五心烦躁了！我带你出宫去！"

小燕子大喜，眼睛发亮，脸颊发光，整个人顿时精神起来。喘了口气，她一迭连声地、急如星火地叫了起来："什么时候？今晚！好不好？要不然，你们商量来商量去，又不知道会拖到哪一天？等会儿福大人和福晋不同意，又走不成！咱们干脆不告诉他，说去就去！拣日不如撞日，就是今晚！好不好！"

永琪一点头，决定了：

"一不做二不休！就是今晚！让明月装成你，躺在床上装睡，无论谁来，都说刚吃了药睡着了！你化装成小太监，跟我大大方方地出去，我让小顺子守在皇宫的边门，帮我们开门。不过，我们出去顶多一个时辰，就得溜回来！知道吗？"

尔泰见两人认真的样子，急坏了，跳脚喊：

"你们疯了吗？如果被发现了怎么办？五阿哥，你也想挨一顿板子吗？"

小燕子已经兴奋得不得了，气都喘不过来了：

"尔泰！你有一点冒险精神好不好？了不起是脑袋一颗，小命一条嘛！"

永琪重重地点头，豪气地说：

"对，了不起是脑袋一颗，小命一条！"

尔泰又是叹气，又是跳脚：

"完了，你们两个都失去理智了，这小燕子会发疯，五阿哥，你怎么也跟着疯？小燕子刚刚挨过一顿打，你们居然没有一个人会害怕！我跟你们说……"瞪大眼睛看两人，"我只好……我只好……"

小燕子对尔泰一吼：

"你只好怎样！"

尔泰一跺脚，昂头挺胸，一副"我不入地狱谁入地狱"的样子，大声应道：

"我只好'舍命陪君子'！跟你们一起发疯了！还不赶快把小邓子、小卓子、明月、彩霞、小顺子、小桂子通通叫进来，共商大计！希望他们几个靠得住！"

小燕子喜出望外，乐不可支，大叫：

"啊哈！所谓'生死之交'，就是咱们三个了！"

小燕子欢呼着，乐得忘形一跳，砰然一声，坐在桌上，立即痛得滚下地来。

"哎哟！"永琪和尔泰面面相觑，又是心痛，又是好笑，又是担忧，又是紧张。

于是，这天晚上，小燕子又打扮成了一个小太监。穿着太监的衣裳，戴了一顶小帽子，帽檐拉得低低的，衣领拉得高高的，一副畏畏缩缩的样子，坐在永琪那辆豪华的马车上。永琪和尔泰坐在车里，她和小顺子、小桂子坐在驾驶座上，两个太监一边一个半遮着她，为她护航。马车踢踢踏踏来到宫门口。小燕子大气都不敢出，像个小雕像。

侍卫看到是五阿哥和尔泰，几乎连看都没看、问都没问，一切顺利得不得了。马车出了宫门，潇潇洒洒往前走去。

小燕子看到宫门终于被远远地抛在后面了，就发出"啊哈"一声大喊，也不管马车正在行进当中，她从座位上一跃而起，几乎跳了三尺高，放声大叫：

"出来了！出来了！我终于出来了！老天啊！紫薇啊！我出来了！"不禁仰天大笑，"哈哈！哈哈！我出来了！我又是小燕子了……哈哈……"

车子直接到了福府。

别提福家有多么震动，多么慌乱了。福伦不敢骂五阿哥和小燕子，只能瞪着尔泰，气急败坏地说：

"尔泰，你们真是胆大包天，怎么也不跟我们说一声？这么突如其来，让我们措手不及！如果有个闪失，怎么办？"

尔泰叹口气：

"唉！没办法，五阿哥和还珠格格有命，我只能听命！"

福晋瞪着小燕子，吓得脸色发白，一迭连声问：

"宫里有没有安排好？万一万岁爷发现了怎么办？"

小燕子急急地说：

"你们不要担心，也不要怪尔泰！宫里都安排好了，现在明月躺在我床上……我是假格格，她是假格格的假格格……"

小燕子话说到一半，房门一开，紫薇和金琐得到消息，两个人跌跌撞撞地冲进房来。后面跟着尔康。

　　小燕子一看到紫薇，整个人就像被钉子钉住，站在那儿，动也不能动。

　　紫薇看到小燕子，脚下一软，差点跌倒。金琐紧紧地扶着她，眼光直勾勾地落在小燕子脸上，竟傻住了，站在那儿，也是动也不动。

　　尔康把房门关上，紧张地看着二人。

　　霎时间，房间里鸦雀无声，只有大家沉重的呼吸声，每个人的眼光，都集中在小燕子和紫薇身上。

　　半晌，紫薇哑哑地开了口：

　　"小燕子，身上的伤，好了没有？这样出来，安全吗？"

　　紫薇这样一问，小燕子"哇"的一声，痛哭失声。接着，就一下子扑倒在紫薇面前，双膝落地，双手抱住了紫薇的腿，嘴里痛喊着：

　　"紫薇，你骂我吧！你打我吧！你踢我，踹我，捶我，砍我……什么都可以，就是别对我好，你再对我好，我真想一头撞死！"

　　紫薇眼中，立刻流泪了，她伸手拉着小燕子的手，哽咽难言。金琐拿着手绢，自己也哭得稀里哗啦，不知道要先给谁擦泪才好。

　　大家全体看呆了，各有各的心痛。

紫薇吸了吸鼻子，流着泪，柔声说：

"我现在都明白了！到围场那天，你受了伤，你也没有办法，身不由己嘛！总之，这是阴错阳差，命中注定的安排，我已经认了，也不生气了，不介意了。你也不要再怪自己了！"

小燕子急切地，拼命摇头，哭着喊：

"你不懂，不完全是这样的！其实我有好多机会可以说明白，我就是没有说！起先，是胆子小，怕他们砍我的头，皇阿玛错认了，我也不敢说明……可是，后来……皇阿玛对我那么好，他亲手喂我吃药，喂我喝水，我从来没有这样被人宠过，他又是皇上！

"大家见着他，都磕头下跪，可他却把我捧在手心里，那样疼着……我就发晕了，犯糊涂了！"她仰头看着紫薇，"紫薇，我该死！我真的该死！我抢了你的爹，占据了你的位子！"

紫薇听到小燕子叙述被乾隆宠爱的情形，心中一痛，泪就滑下面颊，颤声问：

"他亲手喂你吃药？"

"是的！还那样低声下气地跟我说话，令妃娘娘拼命要我喊皇阿玛，一屋子的人跪在我面前喊：'格格千岁千千岁！'我就是坏嘛！我就是贪心嘛！我可以说明白的，我就是没能说出口！当时，我想，我先当几天'格格'再还给你，过过有爹的瘾，过过'格格'的瘾！只要几天就好了！不知道一天天过去，事情越闹越多，我就越陷越深了！"

紫薇流着泪，心痛已极地沉浸在一个思想里，对小燕子其他的告白，都没怎么听进去，只是重复地说："他亲手喂你吃药？他亲手喂你吃药！"

小燕子呆了呆，看着紫薇，见紫薇神情恍惚，泪不可止，更加强烈地自责起来：

"对不起！紫薇，对不起！我现在跪在你面前。随你怎么罚我，怎么骂我！我跟你发誓，我绝对不是要霸占你的爹，不是要永远当格格……"

"他真的亲手喂你吃药？"紫薇低头看小燕子，再问。

"是的！"

紫薇眼睛一闭，长长一叹：

"他如果亲手喂我吃药，我死也甘愿！"

尔康看到紫薇这么难过，再也按捺不住，一步上前，对紫薇心痛地说：

"紫薇，你要明白，当时小燕子病得糊里糊涂，皇上眼中的小燕子，是他流落在民间的女儿，所以对她充满了心痛和怜惜。皇上虽然喂的是小燕子，其实，等于是你啊！如果没有那一把折扇、一张画，小燕子已经被当成刺客给处决了！哪还能得到皇上丝毫的怜惜呢？"

紫薇一震，抬眼看尔康，醒过来了，精神一振，如梦初醒地说：

"是啊！我在计较什么呢？不管他喂的是谁，我都可以确定一点，皇上，他有一颗慈爱的心，他没有赖账，他认了我娘，认了女儿了！"说着，她就伸手拉着小燕子，热情地说，"小燕子，在皇上面前，你就是我！你代我得到他的宠爱，代我拥有这个阿玛，我感同身受！我们是结拜姐妹，当初，我发过誓，我说过，我们是患难扶持，欢乐与共的！我还说过，不论未来彼此的命运如何、遭遇如何，永远不离不弃！

"这些话，你不一定都了解。但是，它是一种真挚的誓言，很美很美的！那个誓言不是假的，那个结拜不是假的！你是我的姐姐，你姓了我的姓，所以，我还跟你计较什么呢？我的爹，就是你的爹，他疼爱你，就等于疼爱我了！"

小燕子睁大眼睛，痴痴地看着紫薇，专心地倾听，听到最后，再也忍不住，伸手把紫薇紧紧一抱，激动地大喊：

"紫薇，紫薇！我怎么能冒充你呢？我充其量只是阎王面前的小鬼，你才是玉皇大帝身边的仙女啊！

"你放心！你爹永远是你爹，我会还给你！我一定要还给你！"

紫薇便含泪一笑，伸手拉起小燕子，说：

"现在，只有半个时辰，你就得回宫了，时间真的好宝贵呀！你难道不想到我房里去，跟我说一点'悄悄话'吗？"

小燕子眼睛发光了，抬眼看着大家：

"我可以吗？"

福伦早已被这两个"格格"感动得鼻中酸楚，立刻一迭连声地说：

"可以，可以，当然可以！不过……"

尔康机警地说：

"我知道，我会去安排，让人守着门！"

两个女孩便看了大家一眼，手拉手地奔出门去。

金琐跟着，也急急地去了。

别提三个女孩，再度聚在一起，是多么激动，多么恍如隔世了。

房门才刚刚关上，小燕子就急急地从怀里掏出几串项链来，塞进紫薇手里，再掏出几个银锭子放在桌上，再掏出一些耳环首饰，往桌上堆去。

"我本来想再多拿一些东西出来，可是，我身上揣不下！这些给你，本来就应该是你的东西，皇阿玛一下赐这个，一下赐那个，可是，我在宫里出不来，这些东西用都用不着！你赶快拿去！"又从口袋里翻出一个首饰来，看着金琐说，"我这里还有个好稀奇的东西，是个金镶玉的金琐，当时，我看了就说，这是金琐的名字嘛！我就帮你留下了！"她追着金琐，塞进金琐手里，"你看看！你看看，是不是很稀奇？"

金琐忙着把床上的一床被子，折叠着搬到一张椅子上去垫着，躲着小燕子。

"我不要，你给小姐好了！"金琐面无表情地说，对小燕子，她有一肚子的气。

紫薇把手里的珠珠串串放下，喊：

"金琐！不要这样，好不容易才见到小燕子，再要见面又不知道是何年何月，你还有时间在这儿闹脾气？"

金琐袖子一抹，拭去了滚出的泪珠，对小燕子福了一福，接过锁片：

"谢'还珠格格'赏赐！"

小燕子一呆，受不了了，抓着金琐喊：

"金琐，你要我怎样做，你才会原谅我呢？"

"我原不原谅你，有什么关系呢？我不过是个丫头！只要小姐原谅了你，我就什么话都没有！小姐很多话都不会说，可是，这些日子以来，掉的眼泪比她一生掉的都多！她没有认到爹，她不心痛，我总可以代她心痛吧！"金琐气呼呼的。

"我知道错了，错了嘛！可我现在怎么办嘛？"小燕子脸色凄楚，痛苦地喊。

金琐已经把椅子垫好了，就把小燕子拉到椅子前面去。

"椅子垫了这么厚的棉被，应该可以坐了！待会儿，你把衣服褪了，房里只有我们，不必害臊，让我帮你看看，到底伤成怎样？我这儿还有柳青给我的半盒'跌打损伤膏’，我给你搽一搽！好歹有些用！”

小燕子眨巴眼睛，眼泪一掉，把金琐一抱，痛喊出声：

“金琐！你嘴里骂我，你心里还是对我这么好！”

金琐眼泪落下，和小燕子相拥片刻，金琐便推开小燕子，说：

“我知道小姐有一肚子的话要跟你说，我不打扰你们，我去给你们两个沏一壶热茶来！”便匆匆地去沏茶了。

紫薇过来，把小燕子按进椅子里，盯着她的眼睛，急促地说：

“小燕子，你好好地听我说，我们的时间不多，你一定要仔细听我说！并且照我吩咐的去做，算是你欠我的！”

“好！我听你！”小燕子神色一凛。

“听着！你要勇敢，你要负起责任，已经做了的事情，只有硬着头皮做到底，你懂不懂？”紫薇正色。

“我不懂！我已经后悔得不得了，我也做不好格格，惹得皇阿玛生气，皇后生气，纪师傅生气，一大堆人跟我生气……我常想，如果是你，大家肯定都会喜欢你。你什么都会，我什么都不会，紫薇，我跟你说，我是真心真意要把格格还给你！我现在只想脱身，我最舍不得的，还是皇阿玛！他虽然打了我，可我不恨他，想到跟他分开，我就会好难过！”

紫薇拼命摇头：

"你不会跟他分开，因为你已经是格格了。再也别说要把格格位子还给我这种话，事到如今，你还不起了！现在，皇上已经把你当成女儿，那么深刻地爱了你，如果他知道你骗了他，他会多么痛心和失望呢？你造成了这种局面，就再也不能反悔了！皇上，他是我的爹呀！我听了你的叙述，对他真是又崇拜，又喜欢！如果你觉得你已经伤害了我，就不要再伤害我爹！如果你把真相告诉了皇上，让他伤心，我会恨死你！我真的会……"她用力地说，"恨死你！"

小燕子目瞪口呆，睁大眼睛看着紫薇。

紫薇诚挚地、发自肺腑地继续说：

"小燕子，不要一错再错了！我跟你发誓，我虽然因为没有认到爹而心痛，可是，我现在没有一点点恨你！我们还是好姐妹！听到你在宫里的一些事情，我也跟着忽悲忽喜，听你跟那些规矩挑战，我也以你为荣！现在，有一大群人的生命握在你的手里，这些人碰巧也是我最在乎的人！像是福家的每一个人……"

她想着尔康，那是她心之所系、情之所钟啊！"像是五阿哥！你不能伤害他，如果伤害了，你就是再害我一次，你不如干脆拿把刀把我给杀了！"

"你确定吗？你不要我说？那么，你就永远做不成格格，认不了爹了！"小燕子脸色苍白地盯着紫薇。

紫薇郑重地点头：

"我确定！我不要你说，只要你努力去做一个好格格！让我爹高兴，让帮助我们的人，不会因为我而遭殃，这就是我的幸福和快乐了！"

"可是……可是……"

紫薇蹲一下身子，把小燕子的双手紧紧地握在自己手中：

"不要'可是可是'了。我知道，这个'格格'你当得也很辛苦，很痛苦！但是，为了我，只好请你勉为其难地当下去了！"

"为了你？我不懂，我不懂……"

紫薇含泪而笑：

"傻瓜！我们拜过玉皇大帝，拜过阎王老爷，有福同享，有难同当！如果你掉了脑袋，我也活不成的！但是，你当了格格，荣华富贵都有了，总有一天，我也会跟着享福的！瞧，你这不是给我送东西来了吗？我还可以把这些银子，送去给大杂院里的人用，连柳青柳红，都会沾光的！这样有什么不好？为什么一定要冒险去丢脑袋呢？"

小燕子凝视着紫薇，眼睛睁得圆圆的，对紫薇真是心服口服，虽然觉得继续当格格仍有许多难处，却一句话都说不出来了。

小燕子完全不知道，就在她和紫薇难解难分的时候，漱芳斋已经出了问题。

这晚，小燕子乔装出门去，漱芳斋里的几个宫女太监全都慌了手脚。小邓子、小卓子两人像热锅上的蚂蚁，小邓子守在门口，目不转睛地对外看，小卓子满房间走个不停，双手合在胸前，一会儿拜天，一会儿拜地，嘴里喃喃地说着：

"阿弥陀佛，救苦救难的观世音菩萨，保佑格格早点回来，保佑我们几个多活两年……南无阿弥陀佛……大慈大悲观世音菩萨……"

卧室里，明月躺在床上，棉被一直盖到下巴，睁着一对惊慌的大眼，不停地四望着。彩霞魂不守舍地站在床边，伸着头直看外面。

"什么时辰了？怎么还不回来！"明月爬起身来。

彩霞一把将明月按回床上，紧张兮兮地喊：

"躺着别动！格格再三嘱咐，除非她回来，你就不能吭声！你忘了吗？躺好！躺好！不要一直爬起来，弄得我好紧张！"

"我躺得浑身冒汗了……哇！到底还要多久呢？格格啊！主子啊……求求你快点回来啊……"明月咕哝着。

彩霞忍不住，伸头对外喊：

"小邓子！小卓子！你们在不在外面？"

小邓子、小卓子紧紧张张跑进来。

"你们两个干吗？大呼小叫的？不怕把人引来吗？"

"我们不在外面，难道在里面吗？不要说话！"

"咱们把灯通通吹掉好不好？这样，有人要来，一看灯都灭了，肯定都睡了，就不会进来了。"小卓子害怕地说。

明月立刻赞同：

"好好好！把灯都给吹了，黑乎乎的，就没人看出我是假的了！"

小邓子在小卓子脑袋上狠敲了一下：

"说你笨嘛！你真笨！平常，这漱芳斋总是维持有个亮，整夜灯都不灭的，你忽然把灯灭了，不是告诉大家，咱们这儿有问题吗？走走走！我们还是到外面守着。"

小邓子说着，和小卓子又紧紧张张跑出去。到了大厅，小邓子站在大厅门口，对外张望，忽然惊呼：

"有好多灯笼过来了！"

小卓子冲到门口去，对着灯笼拜：

"格格！回来就回来吧，悄悄溜回来就好了，干吗弄一大堆灯笼啊！"

来人慢慢走近，灯笼照射，如同白昼。小卓子大叫：

"我的天呀！是万岁爷！"

小邓子大骇，"扑通"一声跪落地，颤抖着大叫：

"皇上驾到！令妃娘娘驾到！"

乾隆这晚，无巧不巧，一时心血来潮，带着令妃和宫女太监们，来探视小燕子，一走进大厅，就觉得有些怪异。小邓子、小卓子像掉了魂，跪在地上直发抖。

乾隆四下张望，没看到小燕子的人影。

"你们的主子呢？"

小邓子抖得牙齿打战，脸色惨白：

"启奏皇上，启禀娘娘，格格已经睡了……"令妃惊愕："睡了？这么早怎么会睡了呢？是不是又病了？"

乾隆看两个太监神色不对，心里一急，就径自往卧室里走去：

"朕看看她去！"

明月和彩霞听到外面的喊声，早已吓得魂不附体，这时，听到乾隆居然进房来了，明月呼的一声，就用棉被把自己连头带脑蒙住，浑身发抖，抖得整个床"咯吱咯吱"响。

彩霞脸色惨白，扑通一跪，抖得语不成声：

"皇上……吉……吉祥……娘娘……吉……吉……祥……"

令妃奇怪极了，担心极了，急问：

"怎么了？你们个个脸色惨白，浑身发抖？是不是格格病得很厉害？怎么不报？"

乾隆更急，大步走向床边，只见棉被盖得密不透风，棉被里的身子抖得连床都一起晃动，不禁大惊，就喊着说：

"小燕子！你这是怎么了？身子不舒服，有没有宣太医？怎么抖成这样？赶快给朕瞧瞧！"

彩霞慌成一团，赶快爬到床边，用手紧紧压着明月的棉被：

"……格格不许瞧……"

乾隆又惊又疑：

"不许瞧？又犯老毛病了？"就拍拍棉被，"为什么又把自己蒙起来？这次是谁惹你了？怎么每次心里不痛快，就把自己蒙起来？出来！"

明月在棉被里含含糊糊地哼哼着：

"不……不……不出来！"

乾隆生气，着急，喊道：

"出来！朕命令你出来！"

明月死命扯住棉被：

"不……不……不出来！"

令妃就说：

"皇上别急，格格又闹小孩脾气了！我来问问她！"她走上前去，伸手按住棉被，立即心惊肉跳，惊呼，"不得了！抖成这样，一定病得不轻，不能由着她，赶快看看是怎么了，赶快宣太医！"一面说着，一面用力掀开了棉被。

明月从床上滚落到床下，整个人抖成一团，匍匐于地，颤声说：

"奴婢……该……该……该死！"乾隆大惊，眼睛瞪得像铜铃。

第十二章

小燕子浑然不知，漱芳斋已经有变。她陶醉得不得了。

这个晚上，对她来说，实在太珍贵了！终于亲眼见到了紫薇，终于亲耳听到紫薇说不怪她、原谅她了。回宫的一路上，她一直飘飘欲仙。尔康、尔泰、紫薇都上了车，送她到宫门口。大家生怕回宫之后有状况，拼命教她，如果被人撞到，要怎么应付。小燕子心情这么愉快，什么也听不进去，毫不在意地说：

"只要进了宫，就没事了！如果在宫墙里面被逮到，自己就来个死不认账！谁能证明咱们出过宫？"

一面转头对永琪说："五阿哥，就说你在教我作诗，明天纪师傅要考！赶快教我一首诗吧！"

"诗？诗？好，你记着，皇阿玛喜欢李白，李白有一首喝酒的诗，是这样写的：花间一壶酒，独酌无相亲。举杯邀明月，对影成三人……"永琪真的教了起来。

小燕子忙着恶补，念道：

"花间一壶酒，不坐不相亲。举杯……举杯……"

"不是'不坐不相亲，是独酌无相亲'！举杯邀明月……就是举着杯子，邀请你房里那个明月来喝酒……"尔泰赶快帮忙。

"这个我记住了，'举杯邀明月'！有没有'举杯邀彩霞'呢？"

尔康觉得这个办法烂极了，急忙说：

"听我说！现在背诗已经来不及，反正，如果被抓到，也是落在侍卫手里。半夜三更，没有人会去惊动皇上！侍卫毕竟好打发，你们一个是阿哥，一个是格格，尽管拿出威风来吼他们！谁吃了熊心豹子胆，来得罪皇上面前最得宠的两个人！所以，赖定了，是在宫里走动走动，就对了！我和尔泰，五更就会进宫来看动静，万一出了什么事，我们和令妃娘娘，一定会想办法营救！"

永琪连连点头：

"还是尔康脑筋清楚，就这么办！小燕子，别忘记你是还珠格格，一人之下万人之上！没人敢惹咱们，知道吗？"

小燕子猛点头。

"如果进不了宫，只好先回府去商量大计，我们会看着你们进宫再离去！"

紫薇见皇宫在即，便拉着小燕子的手，非常不放心地叮嘱："你在宫里，真的不比外面，你一定要小心，不能太任性了！五阿哥有一句话，伴君如伴虎，你要放在心里呀！不管皇阿玛多疼你，他还是皇帝！"

"我知道了！不会再惹他了！"小燕子看着紫薇，"告诉柳青柳红，我下次出了宫，一定会去看他们！"

"我会的！"

"别依依不舍了！宫门快到了，小燕子，你坐回驾驶座上去！尔康、尔泰、紫薇，你们三个下车吧，不过，没有马车，你们怎么回去呢？"永琪问。

"这么好的月色，散散步就回去了！"尔康说。

小燕子把紫薇一抱，千千万万个舍不得。羡慕已极地说：

"我不要回宫了，我要跟你们一起，在月光下散步！"

"别闹了！你是我们带出来的，如果丢了，大家都完了！赶快，下车的下车，换位子的换位子！"尔泰喊。

于是，马车停下，尔泰、尔康、紫薇下车。

马车向前驶去。小燕子在驾驶座上，拼命对紫薇挥手：

"紫薇，过两天我再来看你！不要气我，不要怪我啊！"

"别喊了！我知道，我都知道……快去吧！"

马车停在宫门前，小桂子下车，伸手拍门。

紫薇、尔康、尔泰躲在暗处观望。

宫门开了，侍卫出来。一看是五阿哥，纷纷请安，高喊"吉祥"，对于那个半蒙着脸、缩着头、毫不起眼的小燕子浑然不疑，马车踢踢踏踏进去了。

宫门关上。

尔康、尔泰、紫薇从暗处走出，大家相对而笑，全都吐出一口长气。

小燕子进了宫，好生得意，真是神不知鬼不觉。

下了马车，永琪不放心，一直送小燕子到漱芳斋。

整个漱芳斋静悄悄的，安谧极了，窗子上，透出明亮的灯光。

两人四面看看，放了心。彼此互视，相对一笑。

小燕子用手背拍拍永琪："成功了，谢谢你，这个晚上对我太重要了，我永远忘不了今晚！你的大恩大德，我记在心上了！"

"你记在心上就好了，别提什么大恩大德了！"永琪眼光停在她脸上，话中有话地说。

"你快回去吧！"小燕子笑笑。

"我看你进去了，我再回去……"想想，又说，"我送你进去吧！怎么小邓子、小卓子都睡死了，一个也不出来接你？这儿黑，小心门槛……"

小燕子推开大厅的门，还回头看永琪：

"我兴奋得很，一点都不困，干脆进来喝杯茶吧！要不然……"睁着骨碌大眼，异想天开地说，"这样吧！我让小邓子烫一壶酒，弄点小菜，咱们庆祝一下，好不好？"

永琪一怔，虽知不妥，但是，这种诱惑力太大了，立刻喜悦地答道：

"好极了！古人秉烛夜游，我们也来'花间小酌'吧！哈哈！"

二人嘻嘻哈哈，进入大厅去。一走进大厅，乾隆那威严的声音，就像焦雷般在两人耳边炸开：

"小燕子，永琪！回来了？要不要烫一壶酒，弄点小菜，咱们大家喝两杯？"

小燕子和永琪，吓得魂飞魄散，大惊抬头，只见乾隆和令妃端坐房中。后面站着一排宫女太监，小邓子、小卓子、明月、彩霞跪了一地。

小燕子和永琪，这一惊真是非同小可，两人扑通扑通跪落地，异口同声，惊慌地喊着：

"皇阿玛！令妃娘娘！"

乾隆脸色铁青，瞪视着二人，大喝一声：

"你们到哪里去了？小燕子，你说！"

令妃着急地看着小燕子和永琪，心里也是一肚子的疑惑，没办法给两人任何暗示，急得不得了。

永琪怕小燕子说得不对，急忙插嘴禀告：

"皇阿玛，我和还珠格格……"

"永琪，没问你，你不要开口，"乾隆打断了永琪，看着小燕子，"你说！"

小燕子心慌意乱，害怕极了，看永琪，看乾隆，讷讷地说：

"我们没有去哪儿，就在这御花园里，走走……明天纪师傅要考作诗……五阿哥教我作诗……"

永琪眉头一皱，心中暗叫不妙。

"哦？"乾隆兴趣来了，"永琪教你作诗？教你作了什么诗？"

"这……这……就是一首诗……一首诗……"

"哪一首诗？念来听听看！"

小燕子求救地看永琪。

"皇阿玛……"永琪忍不住开口。

"永琪！你住口！"乾隆厉声喊，"现在不是在书房，你把糊弄纪师傅那一套收起来！"

永琪闭住嘴，不敢说话了。

小燕子没辙了，只得硬着头皮说：

"一首有关喝酒的诗……是……举杯邀明月……"

"哦？举杯邀明月，怎么样？"

"举杯邀明月……举杯邀明月……"小燕子吞吞吐吐。

"举杯邀明月……到底怎样？"

小燕子冲口而出：

"举杯邀明月，板子就上身！"

乾隆睁大眼睛，惊愕极了：

"什么？你说什么？"

小燕子知道遮掩不过，惶急之下，又豁出去了，大声说：

"我知道我又惨了，给皇阿玛逮个正着，我说什么都没用了，反正作诗还是没作诗都一样，板子又要上身了！皇阿玛，你要打我，你就打吧！五阿哥是被我逼的，你不要怪他！这次，请你换……一个地方打，原来的地方伤还没好，打手心好了……"她吸口气，眼睛一闭，伸出手掌，惨然道，"我已经准备好了！皇阿玛请打！打过了，气消了，再来审我！"

乾隆瞪视着她，真是又生气，又无奈。

"你知道会挨板子，你还不怕？打也打不好，管也管不好，教也教不好，你这么顽劣，到底要朕把你怎样？你的板子，朕待会儿再打，你先告诉朕，你这样一身打扮，让明月在房里装睡，你到底是做什么？"

小燕子转头看明月，气呼呼地说：

"是谁出卖我？"

"谁都没出卖你，是朕好心来看你，他们一屋子奴才吓得发抖，整个床都咯吱咯吱响，朕还以为你又病得严重了，一掀棉被，明月就滚下床来了！这些奴才真是坏透了！等你挨完打，朕再一个个打他们，然后通通送到伙房里去当差！"

小燕子大惊,扑通一声,在地上磕了一个响头,凄楚地喊:

"皇阿玛!我知道我这次错大了,你要怎么罚我都没有关系,可是,不要怪罪到他们身上去!自从皇阿玛把他们四个赐给了我,他们陪我,侍候我,照顾我,帮我解闷、散心……我挨打,他们比我还难过,对我简直好得不得了……跟我已经成了一家人一样。"

令妃忍不住咳了一声:

"格格!奴才就是奴才……"

"我知道,我知道!"小燕子哀声喊道,"我是金枝玉叶,不可以跟'奴才'做朋友,不可以说他们是一家人……可是,皇阿玛!在我进宫以前,我不是金枝玉叶,我也吃过很多苦,日子过不下去的时候,我也去饭馆里做过工,也到戏班里卖过艺,我也做过'奴才'啊!如果每个主子都那么凶,我已经见不到皇阿玛了!"

乾隆听得好惊讶:

"你去饭馆做过工?去戏班子里卖过艺?怎么以前没说过?什么时候的事?"

"就是……就是从济南到北京这一路上的事啊!我没说,是因为皇阿玛没问啊!"

乾隆凝视小燕子,觉得小燕子越来越莫测高深了,蹙眉不语。

"皇阿玛!一人做事一人当!今晚,是我鼓动大家帮我，要打要罚，我都认了！请您高抬贵手，饶了不相干的人！小燕子给您磕头，给您谢恩！"小燕子连连磕头，说得诚挚已极，字字发自肺腑。

乾隆凝视她，颇感震撼。不知怎的，竟严厉不起来了。

"你先告诉朕，你今晚去了哪里？"

小燕子抬头正视乾隆，心想，撒了谎也圆不过去，就老实地招了：

"去了福大人家里！"

永琪吓了一跳，惊看小燕子。

乾隆纳闷极了，也惊看小燕子。

令妃更是吃惊，不住地看永琪，永琪对她暗暗点头，使眼色。令妃一肚子疑惑，又没办法细问，只得忍耐着不说话。

小燕子就激动地喊：

"我跟皇阿玛求过好多次，让我出宫走走！皇阿玛就是不许，我住在宫里，吃最好的、穿最好的、用最好的……可是，真的像坐监牢一样呀！我快要闷死了、烦死了，我好想出去，哪怕就是看看街道、看看人群都可以！上次，为了想出去，我连墙都翻了。这次不敢翻墙，只有求着五阿哥和尔泰，带我出去，他们两个看我可怜，就被我说动了！我们也没去别的地方，只去了尔泰家里……"

乾隆狐疑地看永琪：

"她说的是真的吗？你们去福家了？"

永琪不得不承认了：

"是！我们去了尔泰家里，坐了一坐就赶回来了！"

乾隆满心疑惑，纳闷地看两人：

"你们费尽心机，好不容易蒙混出宫，居然哪儿都没去，只是去福伦家里坐了一坐？"

"回皇阿玛！实在不敢带她去别的地方！"永琪斗胆说。

令妃急忙打圆场：

"哦，原来去了福伦那儿，好在是自家亲戚，总比出去乱跑要好。"

乾隆在两人脸上看来看去，实在看不出什么破绽。就一拍桌子，厉声说：

"永琪！你是兄长，居然跟着小燕子胡闹！不要以为你是阿哥，朕就会纵容你！小燕子不懂规矩，难道你也不懂吗？"

永琪惭愧地低下头去：

"永琪知罪！任凭皇阿玛处罚！"

小燕子看乾隆，心里好急，知道乾隆一生气，连格格都会挨板子，阿哥大概也逃不掉！就磕头说：

"皇阿玛！我说过了，一人做事一人当！罚我就可以了！"

永琪心里也好急，想到小燕子挨打还没好，至今连"坐"都不能坐，如果再挨打，恐怕连命都保不住了！就也磕头喊：

"皇阿玛！小燕子身子单薄，才挨过打，不能再罚！儿臣身为兄长，不曾开导，甘愿受罚！"

乾隆见两个兄妹抢着愿为对方受罚，而且都是真心真意。心里有些震撼，有些感动，也有些困惑。

听到更鼓已经敲了三响，自己也闹累了，就一拍桌子，站了起来，严肃地盯着两个人说：

"今晚太晚了，朕没有时间审你们！你们两个也可以散会了，至于酒嘛，也别喝了，明天早朝之后，你们两个到我书房里来，朕要好好跟你们算算账！"

永琪连忙磕头，嘴里应着"是"！

乾隆一起身，令妃就跟着站了起来。乾隆转身一走，令妃和宫女太监们赶紧跟随。永琪哪里敢继续留在漱芳斋，飞快地看了小燕子一眼，什么话都没办法说，就起身追着乾隆：

"儿臣送皇阿玛回宫！"

乾隆便带着令妃、永琪、宫女、太监们浩浩荡荡走了。

房间里剩下小燕子、小邓子、小卓子、明月、彩霞。五人面面相觑，全都惊魂未定。过了好半晌，大家才回过神来，小邓子就对小燕子俯身下拜，夸张地把手高举

32

着再扑下地，嘴里乱七八糟地喊：

"格格！主子！千岁！祖宗……你饶了咱们吧！万岁爷随时会来漱芳斋，你再也不要出花样了！咱们实在招架不住啊！"

小燕子坐在地上，睁大眼睛，惊惶地想着，明天早朝以后，乾隆还要审她！天啊！怎么办？怎么办？

今晚没办法睡觉了，天亮就得去五阿哥那儿，商量对策！

好不容易，天亮了。小燕子又穿上了那身小太监的衣服，遮遮掩掩，闪闪避避，踢踢踏踏……快步地踩着晨雾，顶着露珠，穿过重楼深院，越过亭台楼阁，直奔永琪住的"景阳宫"而来。

小顺子看到她又是这副打扮，吓了一跳，赶紧把她带进永琪的书房。原来，这儿还有比她到得更早的两个人，就是尔康和尔泰。三个年轻人，已经开了半天的会，对于要怎么"招供"，还没商量出一个结论。

当房门一开，小燕子闪身而入时，三个人都吃了一惊。小燕子看到他们三个都在，大喜，急忙说：

"你们三个臭皮匠，一定已经想好办法了！赶快把你们的锦囊妙计告诉我吧！我只能停一下，快说快说！"

尔康抽了一口冷气，盯着小燕子：

"你的胆子未免太大了吧？就这样闯来了？有没有被人跟踪？"

"没有，没有啦，我很小心的！你们别耽误时间了，快教我吧，见了皇阿玛，我该怎么说？"

"过来！过来，我们围拢一点！"永琪喊。

四人便围在一起，紧紧张张地商量大计。

四人正在叽叽咕咕，门外，忽然传来小顺子、小桂子急促的大喊声：

"皇后娘娘驾到！"

四人面面相觑，全部大惊失色。小燕子四面一看，逃都没地方逃，只好往书桌下面一钻。

小燕子才钻进去，房门就开了，皇后带着容嬷嬷和宫女们，大步走进房。

三人全部请下安去。

"儿臣永琪叩见皇额娘！"

"臣福尔康、福尔泰恭请皇后娘娘金安！"

皇后看着室内的三人，哼了一声：

"这么早，你们三个，是在用功呢，还是在商量国家大事呢？"容嬷嬷站在皇后身旁，目光如鹰，在室内搜寻着。

三人全部神情紧张，魂不守舍。尔康勉强维持镇静，答道：

"正和五阿哥谈论回疆的问题。"

"原来如此！"皇后冷冷地接了一句。

容嬷嬷已经发现了小燕子，给皇后使了一个眼色。

皇后不动声色地看过去，只见桌子底下，露出小燕子伏在地上的手指。

"难得五阿哥这么关心国事，尔康和尔泰也这么勤快，天才亮，就进宫来商议回疆问题，这真是咱们大清朝的福气……"皇后一边说着，一边已走到书桌前面。她低头看看，就用那厚厚的"花盆底"鞋，使劲踩在小燕子的手指上。

小燕子一声惨叫，本能用力地一挥手。

"哎哟……我的娘呀……我的天啊……"

小燕子太用力了，皇后竟跌倒在地。容嬷嬷和宫女们慌忙去扶。皇后摔得七荤八素，狼狈地爬起身子。容嬷嬷已经放声大叫：

"反了！反了！桌子下面有反贼！来人呀！"

外面侍卫一拥而入，纷纷惊问：

"反贼在哪里？反贼在哪里？"

尔康奋力一拦，挡住侍卫，大吼：

"你们看看清楚，这房间里都是些什么人？怎么可以听一个嬷嬷的叫唤，就随随便便闯进门来？"

永琪立刻和尔康一同行动，也大声怒吼：

"这是我的书房，没有叫传，是谁乱闯？好大的狗胆！"

侍卫们一听，吓得扑通扑通，全都跪了下去，嘴里大喊：

"奴才该死！奴才该死！"

皇后站稳了身子，看到侍卫动都不敢动，气得脸红脖子粗，喊道：

"是我的懿旨！把桌子底下那个小贼，给我抓出来！谁敢违抗，就是忤逆大罪！快！动手！"

侍卫们见是皇后命令，又都昏头昏脑地答道：

"喳！奴才遵命！奴才遵命……"

侍卫向前冲，尔康、尔泰、永琪一溜挡住。永琪喊：

"那是还珠格格！谁要抓还珠格格，先抓我！"

侍卫被挡，场面乱七八糟。

小燕子再也藏不住，从桌子下面滚了出来，痛得眼泪直流，拼命甩手，却一挺身站了起来，脸色惨白，高高地昂着头，气势凌人地大吼着说：

"我一人做事一人当。要头一颗，要命一条！"

结果，大家又都闹到乾隆面前去了。

乾隆看着又变成小太监的小燕子，头都痛了，再看看跪在地上的尔康、尔泰和永琪，心里更加困惑，一拍桌子，怒声喝问：

"你们几个到底是怎么回事？昨儿偷溜出宫，今天又开秘密会议，你们好大的胆子！尔康，你身为一等侍卫，居然也跟着他们几个小的胡闹！如此鬼鬼祟祟，到底为了什么？尔康，你说！"

皇后严肃地站在乾隆身边，冷冷地看着他们四个。

尔康不得不整理着零乱的思绪，禀告着说：

"启禀皇上，昨儿个还珠格格私下出宫，尔泰不敢将格格和阿哥带到随便的地方去，所以带回了家。今天我们兄弟拂晓入宫，就为了探视五阿哥和格格，不知道他们是不是'平安过关'了！"

"哦？"乾隆挑着眉毛，"结果呢？"

"结果，发现没有平安过关，听说皇上今天还要追究，大家就乱了章法！还珠格格害怕皇上震怒，一时情急，冒险扮成小太监，也到五阿哥这儿来商量对策。所以，大家就聚在一起。不料给皇后娘娘撞见了！经过情形，就是这样。"

乾隆想了想，觉得尔康所说，合情合理。

"朕料想，你说的都是实话！"乾隆盯着尔康。

"不敢欺瞒皇上！"

乾隆喊：

"小燕子！"

小燕子惊惶地抬头：

"皇阿玛！"

"你到五阿哥那儿商量对策，是不是？"

"是！"小燕子答得清脆。

"你预备怎样'对付'朕，说说看！"

尔康、尔泰、永琪都紧张起来，全部捏了一把冷汗，提心吊胆地悄看小燕子。

小燕子一怔，就求救地去看三人。

"不要看他们，只要抬头看朕，朕要听你亲口说说！"乾隆瞪着小燕子。

小燕子一急，连思考的余地都没有，话就冲口而出：

"皇阿玛！我哪儿有时间商量出'对策'呢？我前脚才进门，皇后娘娘后脚就进了门……我心里一慌，吓得钻到桌子底下，又被皇后娘娘发现了，一脚踩在手指上，我现在手指大概都断了，痛得直冒冷汗，还有什么策不策呢？我倒霉嘛！做不得一点点错事，自己梳了满头小辫子，还在那儿招摇，以为没有人抓得到我的小辫子！现在，满头小辫子被人扯得乱七八糟，头也痛，手也痛，心也痛……什么都顾不得了！故事编不出来，谎话说不出来，就算有'对策'，现在也变成'错策'了！"

乾隆听小燕子说了这么一大串，非常稀奇，睁大眼睛。

"手指头怎么会断了呢？过来给朕瞧瞧！"

小燕子便站起身，走上前去，出示手指。乾隆一看，果然，几根纤纤玉指，全部又红又肿。乾隆皱了皱眉，还没开口，皇后就冷冷地说话了：

"小燕子，不要耍心机！你躲在桌子底下，我怎么看得见？无意踩了你一下，也值得跟皇阿玛告状吗？你不要分散皇上的注意力，以为皇上给你糊弄一下，就会对你所有的荒唐行为，都不追究了？"

"是！"小燕子应着，可怜兮兮地看乾隆，"是给皇后娘娘'无意地，狠狠地'踩了一脚！"

皇后气得牙痒痒。乾隆看得心酸酸。

"手指还能不能动，动一下给朕看看！"乾隆说，盯着那手指。

小燕子动了动手指，夸张地吸气，苦着脸说：

"很痛很痛啊！弯都弯不起来了！"

"待会儿记得给胡太医诊治诊治！"乾隆说。

"是！"

乾隆猛地拍了一下桌子，突然提高了声音，厉声大喊：

"小燕子！别以为你的手受伤，朕就会饶你！"

小燕子一吓，立刻"砰"的一声跪了下去，不巧膝盖又撞在龙椅上，当场痛得龇牙咧嘴。

"哎哟……哎哟……"

尔泰、永琪、尔康三人，都不敢有任何反应，跪得直直的。

乾隆惊看小燕子：

"你又怎么了？"

小燕子眼中含泪，脸色苍白，喊着说：

"皇阿玛……我想，我的八字跟皇宫不合，自从进宫以后，大伤小伤，到处有伤！大痛小痛，多处都痛！我又很会得罪人，每个人都跟我生气，我觉得好累呀！"

乾隆凝视小燕子：

"你累？我看，你弄得整个皇宫鸡飞狗跳，人人都累！"

小燕子低头不语。

乾隆叹了口气，对地上四个人说：

"你们都起来！"尔康、尔泰、永琪、小燕子就站起身来。

乾隆看着四人，若有所思，沉吟片刻，说："你们几个，都是皇室子弟，大家感情好，是一件好事！但是，千万不要忘记自己的身份，什么事该做，什么事不该做，自己要有一个谱儿！不要大家跟着还珠格格乱转，没大没小，没上没下！如果朕怪罪起来，伤了亲戚和气；如果不怪罪，岂不是又太便宜你们了？"

皇后见乾隆的意思又活动了，显然要放水，不禁着急：

"皇上！"

乾隆立刻看着皇后说：

"朕自有分寸，皇后不必为他们太操心了！"

皇后被乾隆一堵，气得说不出话来。

乾隆看尔康等三人：

"你们三个，身为兄长，不知以身作则，你们自己说，该当何罪？"

三人还来不及说话，小燕子挺身而出：

"所有的错，都是我一个人的！昨儿私自出宫，五阿哥和尔泰都是被我闹的，没有办法！一屋子奴才，也都只有听我的！现在，我已经知道，我的任性、自私会害了每一个人！真的后悔了，知错了！皇阿玛一向疼爱我，我每次闯祸，皇阿玛都会原谅我，您就再原谅我一次吧！从今以后，我一定痛下决心，好好念书，做个让您骄傲的格格！来报答您，好不好？"

小燕子这一番话，发自肺腑，说得诚恳之至，乾隆不禁动容，叹了口气说：

"唉！你实在让朕头痛！国家的事，已经有一大堆麻烦，朕操心都操不完了，还要整天为你烦恼！"

尔康连忙上前问：

"皇上是为边疆的战事烦恼吗？"

"是呀！刚刚在朝上，大臣们纷纷禀告，西藏的土司又在蠢蠢欲动，缅甸边境，更是战事连连，回疆也不平静，准噶尔也有麻烦……朕想到边境上的老百姓，连年战争，民不聊生，心里很沉重！"

永琪神色一正，对这样的父亲，肃然起敬，诚恳地说：

"皇阿玛！您整天为国事操劳，常常深夜还在批奏章，儿臣不能为皇阿玛解忧，还为一些生活小事，让皇阿玛生气，真是不孝极了！现在，我已经成长，不知道可不可以，随兆惠将军出征，或是随傅六叔出征！"

乾隆走近永琪，深深凝视他。

"治国不一定要带兵！你年龄还小，念书第一，国家的事，你不必操之过急！你从小就肯读书，文学武功，都学得挺好！朕对你期望也很大。你不要辜负了朕，就是你的孝顺了！"

几句话说得永琪热血沸腾，又是感动，又是受宠若惊，又是汗颜，就恭恭敬敬地、心服口服地说：

"儿臣谨遵皇阿玛教诲！"

皇后听着，看着，脸色铁青。

乾隆看看小燕子，提起精神，一笑说：

"小燕子！算你运气，朕也不追究你了！免得你一天到晚提心吊胆，说不定做出更多稀奇古怪的事来！朕告诉你，以后要出宫，不要装成小太监，你跟令妃娘娘说一声，让人跟着你、保护你，你就大大方方出去吧！至于去福伦家，更无须躲躲藏藏，自家亲戚，多走走也好！"

小燕子大喜过望，眼睛睁得大大的，简直不相信自己的耳朵了。

"皇阿玛，您不罚我啦？"她小小声地问。

"朕不罚你了。"

"也不罚五阿哥吗？"她兀自不相信。

"也不罚五阿哥。"

"所有的人都不罚了吗？"

乾隆叹口气：

"都不罚了！"

皇后忍无可忍，冷峻地说：

"皇上！从今以后，这后宫之中，大概就再也没有纪律可谈了！"

乾隆不悦地皱眉：

"小燕子得到过朕的特许，本来就无须受到限制，皇后，你也睁一眼、闭一眼，不就天下太平了吗？"

皇后气得咬牙切齿。

小燕子却对着乾隆，灿烂一笑，在室内翩然一转，大声欢呼着说：

"皇阿玛！您有一颗最宽大、最仁慈的心！我跟您说，您不要为国家事操心了，您这么好，老天会报答您的！我在民间的时候，听到大家都说：'国有乾隆，谷不生虫！'您是大家心中最好的皇帝！国家一定会越来越强的！"

乾隆惊愕地看着小燕子。永琪、尔康、尔泰三人听得有些糊涂，彼此看了看。

"怎样的两句话？怎么朕跟虫子有关系呢？"乾隆听不懂。事实上，没有一个人听懂。

小燕子满脸发光地、振振有词地嚷着：

"国家有了乾隆，连稻谷都不会长虫子啦！大家把您看得跟老天爷一样啊！您不是人，是神啊！"

乾隆睁大眼睛，有点疑惑，有点惊喜：

"是吗？真有这样两句话吗？"

小燕子拼命点头：

"是啊是啊！你教我编，我都编不出来呀！"

乾隆寻思，不禁笑了：

"你编不出来？说得也是！"看着小燕子，想着那两句话，越想越得意，脸上的阴霾，竟一扫而空了。

"哈哈！小燕子，你真有一套！"就回头对皇后得意地说，"皇后！这个小燕子，是上天赐给朕的一个'开心果'，有了她，朕的烦恼，都被她赶走了！哈哈！朕珍惜着这个'开心果'，皇后，你也跟朕一样珍惜吧！"

皇后又气又愣。乾隆便拍拍皇后的肩，再说：

"小燕子的手给你踩了一下，腿，又给朕的椅子撞了一下，就算是打过了罚过了吧！"又转头看永琪等三人，"至于你们，明天，每人给我交一篇文章来，谈一谈边疆的治理办法！"

三人喜出望外，异口同声喊：

"遵命！"

一场"偷溜出宫"的大祸，就这样消弭于无形了。四人从乾隆书房走出来，几乎还不敢相信这个事实。怎么这么容易就过关了？

尔泰回头看看，做挥汗状。

"吓得我一身冷汗！居然有惊无险！"

永琪见无人注意，心里实在困惑，忍不住问小燕子：

"你那两句'国有乾隆，谷不生虫'，是真的还是编的？"

小燕子转着眼珠子：

"前一句是真的，后面那一句可能有点问题，我记不清楚了！"

尔康惊得瞪大了眼睛：

"啊？到底是怎样两句话？我听起来就怪怪的！"

"我真的弄不清楚呀！可是，我知道，一定是两句好话，因为紫薇听了好得意，你去问紫薇，就知道了！"

三人你看我，我看你，半晌，尔康呼出一口气来：

"我真服了你，这也敢随口就说！居然也错有错着，让皇上听了好开心、好得意！"看着小燕子，又是摇头，又是笑。

小燕子挥着那太长的衣袖，高兴起来：

"哈哈！没想到这么轻松就过关了，大家练习了半天的台词，一句也没用上！以后，还可以大大方方出宫去！哈哈……"不禁有些手舞足蹈起来，"我太高兴了！恨不得马上就去告诉紫薇！"

"你不要得意忘形啊！这两天，我劝你收敛一点吧！皇阿玛是为了国家操心，没有情绪管我们！要不然，哪会这么容易就放了我们。"永琪说，想起国事，不禁叹了口气。

永琪一叹气，尔康也跟着叹了口气。

小燕子就关心地看着三人，很认真地问："那个'西藏、面店、生姜……为什么'整个儿'很麻烦呢？让皇阿玛和你们都这么烦恼？"

三人一呆，互看，半天才想明白了，大家失笑。

"你是说'缅甸，回疆，准噶尔'是不是？"尔泰问。

"就是！就是！你们赶快教教我，搞不好皇上也要我交一篇文章，那就惨了！"

"这个，说起来就太复杂了，西藏、缅甸、回疆、准噶尔都是我们边境的部落……"尔泰解释着，才起了一个头，见小燕子一脸迷惑，就放弃了，"算了，算了！就是'整个儿'很麻烦！'面店，生姜'都很麻烦，那些麻烦跟你比起来，你就不够瞧了！只能算是'芝麻，绿豆'的小麻烦了！"

尔泰说完，三人都笑了。

永琪就关心地看着小燕子，问：

"你的手指怎样？"

尔泰立刻接上说：

"还有你的膝盖，撞伤没有？"

小燕子看着两人，嫣然一笑：

"当然很痛啦！但是，刚刚在皇阿玛那儿，我是夸张了一点，总要让他心痛，才能过关嘛！"

三人惊叹地看着小燕子，真是服了她！

小燕子却抬头看着天空，开始做起白日梦来：

"如果紫薇能够进宫来，跟我一起住，那就好了！她什么都懂！"

尔康心里一动，呆呆地看着小燕子，有个念头，在心里朦胧成形了。

紫薇当天就知道整个的经过情形了。小燕子又渡过一个难关！紫薇松了好大的一口气。尔康对于小燕子的"有惊无险"，叹为观止，不住口地说：

"她这个人一定有什么特殊法力，会把危机一一化解，实在不可思议！我们大家吓得魂飞魄散，教她的话，她也记不得，告诉她的事，她也不照做！真是毫无章法，乱七八糟，可是，她就有本领让皇上开心，连边疆战事的隐忧，都给她一语化解了！这个人是个奇人，我不服都不行！"

紫薇清澈如水的眸子，定定地看着尔康。尔康这才想起来，问：

"到底，这'国有乾隆，谷不生虫'是什么意思？"

紫薇笑了，说：

"是'国有乾隆，国运昌隆'。"尔康恍然大悟，原来如此！

第十三章

　　尔康自从和紫薇去过"幽幽谷"之后，就陷进一份强烈的渴望和浓浓的隐忧里了。他对紫薇的爱，像江河大浪，每天都波涛涌来，无法遏制。可是，紫薇的身份那么特别，自己又是身不由己的人，前途茫茫，到底该怎么办？他每天都在想办法，每天几乎都生活在煎熬里。他这种神思恍惚的情形，使福伦和福晋看在眼里，急在心里，不止一次，他们严重地警告着尔康：

　　"不可以！你绝对不可以和紫薇认真！你要认清一个事实！紫薇现在的地位实在太特别了，轻不得，重不得！如果她只是一个民间女子，你们既然有情，就收在身边，做个小妾，没什么大不了的！可是，她又不是普通女子，她是龙女呀！你忍心委屈她吗？"

　　尔康背脊一挺：

"我不会委屈她，除非凤冠霞帔，三媒六聘，正式娶进门来。我绝不会让她做什么小妾，除了她，我也不会容纳任何女人！"

"什么凤冠霞帔，三媒六聘？皇上根本不知道紫薇的存在，指婚的时候，怎么样都指不到紫薇身上，你如何跟她三媒六聘？正式成亲？"

"你脑筋清楚不清楚？皇上指婚的时候，你能抗旨吗？什么叫除了她，不要任何女人？你已经不是孩子了，在皇上面前当差，身负重任，居然说出这么幼稚和不负责任的话！"

福伦和福晋，你一句，我一句，苦口婆心，要尔康"悬崖勒马"。

尔康知道，父母说的，都是至理名言。只是，他和紫薇，两情相悦，两心相许，既已相遇，何忍分离？

是小燕子一句话提醒了尔康。福晋一句"皇上根本不知道紫薇的存在"第二次提醒了尔康……或者，大家千辛万苦，说服紫薇不进宫是错的！或者，应该让乾隆知道有紫薇这个人！或者，紫薇可以进宫，和小燕子一起存在……

尔康那个朦胧的念头，终于被一件事逼得成形了！

尔康不知道父母到底对紫薇说了些什么，但是，这天，尔康早朝之后回家，发现紫薇和金琐，不告而别了。

在书桌上，紫薇留下一张短笺，上面写着：

"尔康，几千几万个对不起，我走了！现在，小燕子已经尘埃落定，我的心事已了，我也应该飘然远去了！虽然我心里有无数无数个舍不得，但是，也有无数无数的安慰！我住在你家这一段日子里，领略到我这一生从来没有领略过的感情，终于知道，什么叫作'生死相许'，什么叫作'刻骨铭心'！我没有白活，没有白白认识你！感谢你对我种种的好，请不要为我的离去难过！我把你对我的恩情全部带走，把我的思念和祝福一起留下！永别了！请代我照顾小燕子！照顾你的父母和尔泰！紫薇留。"

尔康看完了信，脸上已经毫无血色，他的手颤抖着，信笺哆嗦得像秋风里的落叶。他看着父母，眼睛涨得血红，终于按捺不住，对父母挥着信笺狂叫：

"你们对她说了什么，为什么对这样一个温婉善良的女子，你们没有一点点同情，一定要把她逼走？你们知道不知道，她没有家，没有爹娘，现在，也没有小燕子，她什么都没有，你们要她走到哪里去？这样短短一封信，你们知道她有多少血泪吗？你们不在乎失去她，也不在乎失去我吗？"

尔康喊完，抓着信笺，冲出房门，狂奔而去。

接着，是一阵天翻地覆的搜寻。

尔康去了大杂院，柳青、柳红咬定了，根本没有见到紫薇和金琐。随尔康怎么询问，甚至是苦苦哀求，两人始终都是摇头。柳青还说：

"她不见了？她不是住在你家吗？怎么你不看好她？"

尔康毫无办法。突然发现，这个世界好大，要在这茫茫人海中，找寻紫薇和金琐，几乎是不可能的！

他也在街道上寻寻觅觅，也在市集中寻寻觅觅，也在他们去过的地方寻寻觅觅……紫薇就是不见了。怕小燕子得到消息，会沉不住气，又大闹起来，他们还不敢让小燕子知道。找了三天，一点踪影都没有！

再也没有办法，他和尔泰、永琪到了漱芳斋。

小燕子一听，急得三魂六魄，全都飞了，气急败坏地看着尔康他们：

"你们说紫薇走了，不见了，是什么意思！"

尔康一脸的憔悴，一身的疲倦：

"我已经找了她三天三夜，一点头绪都没有！我现在决定要去济南找她，但是，不知道她在济南的时候，到底住在哪里？老家还有什么亲戚？你赶快把所有你知道的事都告诉我！"

小燕子跳脚：

"她老家哪里还有人？你不知道她是把房子卖了来北京的？她的娘和所有的亲戚，早就断了关系，大家都看不起她们嘛！紫薇不会回济南的，虽然她偶尔会说，找不着爹就回济南，那只是说说罢了！你想，她老家什么都没有了，她回去干什么？"

"那么，她可能去什么地方呢？在北京，除了你以外，她还认识谁？"

"柳青！柳红！"

"我发现她失踪以后，马上就去了大杂院！柳青、柳红都说没有见到她！孩子们也说没见到！"

小燕子脸色苍白，神情痛楚，跺着脚，自怨自艾：

"我就知道不能这样过下去嘛！她一定是为了我走掉的！她要我安心待在这里，所以自己走掉……我……我就知道，不能依她，我该死！"她扬起手来，就给了自己一耳光。

尔泰急忙喊：

"不要什么事都怪你自己……这件事与你无关，是尔康闯的祸！"

小燕子惊看尔康，糊里糊涂，就对尔康一凶：

"你赶她走吗？你为什么这样做？"尔康痛苦得快要死掉了。

"我赶她走？我留她都来不及，我怎么会赶她呢？为了她，功名利禄，前程爵位，我什么都抛！天涯海角，跟她流浪去，我认了！"

小燕子瞪着尔康，在尔康如此坦白强烈的表示下，恍然了解了一些事情，不禁大大地震撼了，呆呆地看着尔康，说不出话来。

永琪急忙一步上前，急促地说：

"尔康！你一向最冷静，今天，你最不冷静！这个漱芳斋，实在不是我们谈话的地方，容嬷嬷说不定躲在哪个角落里，等着逮我们！所以，长话短说，小燕子，你赶快告诉我们，紫薇还可能去哪里？如果再找不到紫薇，尔康会发疯的！"

小燕子呆了片刻，忽然向外就跑，一面跑，一面喊：

"我去求令妃娘娘，我马上跟你们出宫去！只有我，才找得到她！你们先去五阿哥那儿等我！我马上就来！"

小燕子就像箭一般冲进令妃寝宫，对着令妃，就扑通一跪，喊着：

"令妃娘娘！皇阿玛说，如果我想出宫，只要跟你说一声就成！我现在就想出去，你让我出去吧！"

"现在？"令妃好惊愕。

"是啊！现在天气又好，太阳又好，我出去透透气，马上就回来，好不好？"

"谁保护你？"

"有尔康和尔泰啊！"

令妃一怔，又是尔康、尔泰，看着心急如焚的小燕子，以为自己明白了。尔康和尔泰是她的内侄，都还没有指婚，如果能和小燕子成亲，那是再好不过了。她心中想着，也就乐得放行了。

"让小邓子、小卓子跟着，换一身平民衣裳，不许单独行动，不许去杂乱的地方，吃晚饭前一定要回来！"

"是，是，是，是……"小燕子一迭连声，应了几百个是，磕了好几个头，然后，跳起身子，又像箭一样地射出门外去了。

半个时辰以后，小燕子、尔康、尔泰、永琪带着仆从，驾着马车，来到大杂院。

院子里的孩子和老人们，看到小燕子，一拥而上，别提多么开心和意外了，几千几万个问题要问，小燕子没有时间和他们话旧，匆匆忙忙地，把柳青、柳红拉到一边，尔康、尔泰、永琪都围了过来。

小燕子便对柳青、柳红正色说：

"柳青，柳红！这三位是我的好朋友，哥们！和你们一样，我跟他们已经拜了把子！自从我离开大杂院，我发生了很多事，好几次都差一点翘辫子，是他们三个，一次又一次地救了我，他们对我有恩，是自己人！"

柳青的脸色立刻僵硬起来：

"你失踪了这么久，第一次回来，就是为了给我介绍朋友吗？"

小燕子脸一板，声音提高了：

"不是介绍朋友，是向你要两个人！"说着，就对柳青、柳红一凶，"你们把紫薇和金琐藏到哪里去了？"

柳青一呆：

"谁说我藏了她们？你好奇怪！"

"真的没看到她们！不知道她们在哪里！"柳红

也说。

小燕子一跺脚，嚷着：

"你们是怎么回事？不认得我是谁吗？不记得我是谁吗？也不记得在这大杂院里，你们两个亲眼看见我和紫薇结拜的吗？她是我的妹妹呀！如果不是事关紧急，我会跑出来找你们吗？你们也知道，我现在待的地方，出来一趟，难得不得了！你们不要跟我打马虎眼了，再不告诉我，我就翻脸了！"

柳青涨红了脸：

"我说不知道就是不知道！"

小燕子大怒，对柳青就一拳打去：

"你气死我！你如果不知道紫薇在哪里，你就是小狗！你在我面前还撒得了谎吗？你满脸都写了字，你知道！你明明知道！"她掉头看柳红，大声喊，"柳红！你们以为在帮紫薇吗？你们在害她呀！你要让她哭死吗？要让她伤心死吗？再不说，我一辈子不理你了！"

柳红叹了口气：

"好了好了！我告诉你吧！你去银杏坡，土地庙后面的山坡上，有一间小茅屋……"

柳青跺脚，喊：

"柳红！你怎么这么沉不住气？"

柳红抬头看柳青：

"哥！你真的要让紫薇哭死吗？"

尔康、尔泰、永琪彼此一看，立刻掉头跑向马车。

小茅屋顺利找到了。

大家跳下车，纷纷冲向茅屋，小燕子大喊着：

"紫薇！紫薇！你快出来！我来找你了啊！"

尔康已经身先众人，冲到茅屋前，一推门，门便开了。

房内空空如也，只有简单的炊具，四壁萧然，什么人都没有。

尔康一呆，小燕子一呆，随后奔来的尔泰和永琪一呆。

"我们被骗了！这儿哪里像姑娘住的地方？"

"就是嘛！连张床都没有，只有稻草堆！"

小燕子回头，很有把握地说：

"柳红不会骗我们，她们一定就在这附近！大家分开来找！"便大喊，"小邓子！小卓子！小桂子！你们都帮忙去找人！"

几个太监苦着脸，小邓子问：

"格格要找谁？高的还是矮的？胖的还是瘦的？"

"两个姑娘！和我一般大，长得像天仙一样的，就对了！"小燕子说。

三个太监应着"喳"，分头去找。

尔康失望地走出茅屋，站在山坡上眺望，四面一看，忽然惊觉：

"这儿离一个地方好近……幽幽谷！"

蓦然之间，尔康冲到马车前，解下一匹马，飞身跃上马背。

"驾！驾！驾……"

尔康一夹马腹，马儿如箭离弦，飞快地向前奔去。

小燕子和众人，目瞪口呆，纷纷大叫：

"尔康！尔康！你去哪里？尔康……"

紫薇确实在幽幽谷。

本来，只要柳青给她弄个可以住的地方，怎么都没想到，那么巧！小茅屋的后面，走不了多远，竟然是幽幽谷！第一天住进来，百无聊赖，整天在外面走，走来走去，就发现了这个山谷，然后，她就离不开这个山谷了。站在水边，想着尔康，她的心已碎、魂已飞。为什么要相遇呢？为什么相遇又不能相守呢？难道，母亲的命运，要在自己身上重演？终身的等待，终身的相思！却再也见不到面了！她想着母亲的歌："山也迢迢，水也迢迢，山水迢迢路遥遥！盼了昨宵，又盼今朝，盼来盼去魂也销！"心里真是千回百转，百转千回。

云淡淡，风轻轻，水盈盈。

紫薇就这样默默地站着，动也不动。一任云来云往，风来风去，花飞花落……金琐不敢打扰她，坐在远远的一角的石头上，关心地、同情地、无奈地注视着她。

忽然间，马蹄声传来。

紫薇被马蹄声惊动了，蓦然回头，简直不敢相信她的眼睛，是尔康！他正骑马奔来。她挺立着，不能动，不能呼吸。尔康的身影，越奔越近，越奔越近，越奔越近……

金琐站起身来，惊喜交集，看着尔康。

尔康奔到紫薇身边，翻身落马。他气喘吁吁地站住，一眨也不眨地看着紫薇。两人都不说话，就这样痴痴对视，好久，好久。然后，尔康张开双臂，紫薇就投进他的怀里去了。两人紧紧地、紧紧地拥抱着，只觉得万籁无声，天地无存。世界上，只剩下他们两个，遗世而独立。

好半天，尔康才抬起头来，看着她，恍如隔世。

"紫薇，你好残忍！留那样一封信给我，写上一句'生死相许，刻骨铭心'，再写上一句'永别了！'然后一走了之！你知道这对我是怎样的打击？你安心要我活不下去，是不是？"

紫薇落泪了，定定地看着尔康，千言万语，不知从何说起。

"你怎么会找到了我？"她问。

尔康拉着她的手，紧紧地看着她：

"这个，慢慢再告诉你！算是我们心有灵犀吧！现在，有一大堆人在等着我们呢！我要你一句话。"

"什么话？"

"你真的要离开我吗？你真的要走出我的生命吗？真的吗？"

紫薇一眨也不眨地迎视着他，眼里燃烧着一片炙热的深情，心里的千回百转，百转千回，化成两句最缠绵的誓言。她低低地、坚定地念了两句诗：

"山无陵，天地合，乃敢与君绝！"

尔康把她紧紧一抱，热烈地喊：

"有你这样几句话，我们还怕什么？命运在我们自己手里，让我们去创造命运吧！事在人为啊！我会拼掉我的生命，来为我们的命运奋斗！"

金琐站在一边，流了满脸的泪。

小燕子等一群人，正在茅屋前面着急，找了半天，什么人都没有找到。

忽然，大家听到马蹄嗒嗒，抬头一看，只见紫薇和尔康并骑着马，缓步徐行，像梦一样地出现。金琐远远地跟在后面。

小燕子发出一声欢呼：

"尔康找到她了！找到她了呀！"便扬起手帕，跳着脚大叫，"紫薇！紫薇！我在这儿啊！"

紫薇在马背上，也对众人挥手。

永琪见双人一骑，绿野红驹，两人耳鬓厮磨，衣袂翩然，不禁感动地大叹：

"这好像一幅画，画的名字就叫'只羡鸳鸯不羡仙'！"

尔泰羡慕地说：

"能够这样爱一场，痛苦一下也值得了！"

尔康见到众人，不好意思再慢慢骑，催马上前。

尔康和紫薇刚刚下马，小燕子就冲上去，拉着紫薇的手，跳脚大骂：

"你搞什么鬼？好端端地闹失踪，要吓死我们每一个人吗？上次才一本正经地教训我，说是什么有福同享、有难同当的！你现在跑来睡小茅屋，是不是要我跟你一起来睡小茅屋？好嘛，咱们'有稻草同睡，有茅屋同住'，我今天不回宫了！我得跟你'有难同当'！"

永琪一听，吓坏了。

"你可别陷害令妃娘娘啊！是她保你出来的！"

"管不着了！"

尔泰见小燕子认真的样子，觉得有点担心，回头看永琪：

"我跟你说，我们迟早会被这两个格格，弄得天下大乱、人仰马翻！"

"还说什么'迟早'，已经天下大乱、人仰马翻了！"

紫薇见众人这样劳师动众来找她，已经不安，再听大家这样一说，更加不安，就对众人团团一揖，说道：

"不知道会把你们闹成这样，还惊动了五阿哥，真是对不起！"

小燕子气呼呼地喊：

"什么'不知道'！你用脚指头想，也知道会闹成这样！哦……"忽然拉住紫薇，身子转开一点点，就问，"我还没有审你，什么时候和尔康对上眼的，上次见面怎么也不说一声……"

紫薇见众目睽睽，大窘，跺脚，身子一躲，脸一红。

"不要说了嘛！"

这时，金琐已经走来，见这么多人，连忙说：

"要不要进屋里去坐？我去烧壶开水，给大家泡壶茶，好不好？"

小燕子拉住金琐：

"算了，那个屋里，他们也坐不下去，我们就在这草地上坐坐，算是出来郊游吧！"

永琪高兴地说：

"对呀！难得有这样的机会，大家可以从那个绿瓦红墙里，到这个有山有树的地方来，算我们沾了尔康和紫薇的光！今天是个大日子，离别的人能够重逢，有缘的人能够相聚！太好了！真该好好庆祝一下！咱们就席地而坐吧！"便回头大喊，"小邓子、小卓子、小桂子！你们把马拉去吃草！走远一点，不要打扰我们！知道吗？"

三个太监，已经很习惯这几位主子的神神秘秘，便拉着马，走到远处去了。

尔康见四野无人，正是讨论大事的时候，就对大家郑重地说：

"我有一个大计划要宣布！你们大家听好，这个主意，我已经想了很久，一直只是酝酿着，没有成熟，今天，我被紫薇逼得非拿主意不可了！方法是有一点冒险，但是，说不定可以解决我们大家的困境，制造出一个全新的局面！"

小燕子又紧张，又兴奋：

"什么方法？快说！快说！"

尔康就郑重地，一个字一个字地说：

"让紫薇进宫去！"

大家一怔。

"怎么进宫？皇宫这么容易进去吗？"尔泰问。

"这要看小燕子的功夫了，以前，紫薇进不了宫，见不到皇上，因为没有门路，现在不同，她有一个结拜的姐姐当了格格，这个格格在皇上面前很吃得开，那么，要个宫女，总可以吧！就算小燕子看中了我们家的一个丫头，可不可以跟咱们要了，带进宫里去呢？这事连皇上都不必惊动，皇上日理万机，哪儿管得着宫女的事？小燕子只要去求令妃娘娘，我再让额娘去跟她敲边鼓！一定进得了宫！"尔康说。

"我不懂，就算紫薇能够进宫，目的何在？总不能跑到皇阿玛面前去说，小燕子不是格格，我才是格格！那岂不是坐实小燕子的欺君大罪？如果不说真相，进宫去当宫女，岂不是又多一个人陷进宫里？"尔泰问。

"进了宫，就看紫薇的了！只要有机会接近皇上，紫薇不必说穿真相，只要慢慢让皇上了解有她这么一个人，见机行事！我觉得，皇上和小燕子的父女之情已经奠定，牢不可破！如果他再发现有个紫薇，似乎更像夏雨荷的女儿，更像自己的女儿……使他不得不喜欢，不得不亲近，到了那一天，我们再把真相告诉他！我的如意算盘是，真假格格，他都喜欢，都舍不得！说不定，他会把她们两个，一起接受！"

大家你看我，我看你，认真地思索起来。

尔泰想了想，本能地抗拒：

"不行！不行！你这叫作'病急乱投医'！本来，一个小燕子在宫里，我们已经提心吊胆，现在，再加一个紫薇，不是更加混乱了？你的最终目的，就是要让她们两个各归各位，让紫薇得回格格的身份，那么，你就可以名正言顺地请求皇上指婚！你这个圈子兜得太大了，万一弄巧成拙，你会害了小燕子！我反对！这样太自私，太危险！"

尔泰这样一说，紫薇立刻跳了起来：

"尔泰说得对！我不干！只要威胁到小燕子的事，我通通不干！"说着，就看尔康，责备地说，"你太自私了，本来，你最怕的就是小燕子身份被看穿，现在，你居然做这样的提议，你好可怕！"

尔康大大地叹了一口气：

"我可怕？我自私？你们不要拼命给我加罪名，而不用大脑去想一想！你们想，紫薇会让小燕子危险吗？她会拼命保护小燕子的！小燕子现在才危险，一天到晚想出宫，有了危机不会躲，被跟踪了也不知道！紫薇进了宫，姐妹两个有商有量，紫薇可以做小燕子的手，小燕子的眼睛，小燕子的头脑，对小燕子，才是一个大大的帮助呢！我承认，我最终的目的确实是尔泰所说的，难道，你们大家不想那样吗？紫薇真的不想认爹吗？小燕子真的不想脱身吗？"

几句话说得小燕子热血沸腾，眼睛发光，激动地嚷道：

"我想我想！我决定了！就这么做！"说着，就站起身来，急匆匆地喊，"我这就回去，告诉皇阿玛我要紫薇进宫……不过……"看着紫薇，"我当格格，要你当宫女，好像太委屈你了，我就说，我有个妹妹。"

"你看你！你是夏雨荷的女儿，怎么会有妹妹呢？宫女就是宫女！只有宫女，进宫才容易！"永琪说。

看着小燕子，突然对这个计划也兴奋起来："如果真要这么做，大家就要把细节编得清清楚楚、天衣无缝才行！"

"我还是反对，任何天衣无缝的故事，到了小燕子那儿，都会变得天衣有缝！"尔泰说。

小燕子气得把尔泰一推，大吼着说：

"你对我有点信心好不好？这件事关系到紫薇认爹，关系到我的脑袋，关系到紫薇和尔康能不能做夫妻……我还不知道严重性吗？大家编故事吧，我就是用一个字一个字背的，我也要把它背出来！我再也不能忍受，紫薇和大家为我而痛苦了！如果紫薇再失踪一次，我那个格格也做不下去！"

紫薇看着大家，这个提议，对她确实是个大诱惑，但是，她仍然抗拒着："不要忙！我觉得不好，哪里不好，我也说不上来，就是觉得很危险！虽然，进宫能见到皇上，对我是一个大大的诱惑，就算不能认爹，让我有机会亲近一下，也是好的！可是，我很怕小燕子因为同情我、在乎我，会在一个冲动下，把真相整个抖出来，我不要！我不同意！"

小燕子急坏了，抓着紫薇的手，拼命摇着，喊着，哀求着：

"你不要婆婆妈妈了，如果我会抖出来，现在也会呀！想想看！这是多么伟大的提议，说不定我不用丢脑袋，就可以把你爹还给你！就算不行吧，有你进宫来陪着我，我夜里做梦都会笑！我跟你发誓，我一定都听你的话，只要你觉得危险的事，我全体不做！

"你要说出真相的时候再说，你不说的话，我咬紧牙关，绝对绝对不说！紫薇，求求你！同意了吧！看在结拜的分上，不是有福同享、有难同当的吗？与其我来跟你住茅屋，不如你去跟我住皇宫！"

小燕子这一番话，说得合情合理，婉转动听，又诚恳之至。紫薇的心，就大大地活动起来。

尔康就对紫薇积极地，诚恳地说：

"紫薇，给你自己一个机会，也给我们两个一线生机！我们以半年为期，如果半年之间，状况不能突破，小燕子就宣称不要你了，我们就把你接回家里去！如果，皇上真的认了你，我们所有的难题，就迎刃而解了！"

永琪想明白了，不住点头，深思地说：

"我越想，就觉得这个办法实在不错，目前，我们大家等于是生活在一个大谎言里，每天担心着怎么圆谎，确实不是一个长久之计！小燕子的秘密，其实随时都有可能拆穿，危危险险的！紫薇或许是小燕子唯一的机会！只要皇阿玛两个都喜欢，她们彼此又情深义重，皇阿玛本来就是性情中人，到时候，一定会感动！只要他感动了，大概就不会追究小燕子的欺君大罪了！"

一直在默默旁听的金琐，此时，再也按捺不住，上前激动地说：

"小姐！你的梦想，太太的遗命，尔康少爷的希望，都在你的身上啊！你还考虑什么呢？不过……"

她掉头看小燕子，郑而重之地说："你不能只要一个宫女，你得连我一起弄进宫去才行！我和小姐，是绝不分开的！"

尔泰看着大家，大叫：

"你们通通走火入魔，全体发疯了！不过，既然要发疯，大家一起发吧！时间宝贵，你们还拖拖拉拉些什么？大家过来过来，仔细地编故事吧！"

于是，全体的人，都聚了过去。

就这样，大家做了一个决定：把紫薇送进宫去！

第十四章

一切都照计划进行。

小燕子没有耽搁，第二天一早，就到了令妃面前，对着令妃就跪下磕头。

"娘娘！我有事情要求你帮忙！"

"干吗行这么大的礼？赶快起来！"令妃惊愕地说。

蜡梅、冬雪就去搀扶小燕子。

"不起来！不起来！等娘娘答应了我，我才要起来！"

"什么事情那么严重？"

"对娘娘来说，是一件小事！我想增加两个宫女！"

"你还要两个宫女？难道明月、彩霞侍候得不好吗？"令妃不解，困惑着。

"不是！她们两个好极了，只是我还想要两个。"

"再要两个人也不难，只是你一个人，需要那么多人侍候吗？"

"其实，不是侍候，是解闷！这两个人如果进了宫，我就不会每天闹着要出宫了！娘娘也可以少操一点心！"

令妃大惊：

"难道，你还有指定的人选不成？难道……还要从宫外弄进来不成？"

小燕子就从地上站起，走过去，搂住了令妃的肩：

"娘娘！算您宠我一次！我知道，您心里疼我，每次有好吃的、好用的，您总是送给我！皇后娘娘骂我的时候，总是您帮我说话，我将来一定会报答您的！您宠我就宠到底吧！把这两个宫女赐给我吧！"

令妃听得糊里糊涂：

"哪两个呢？""她们一个叫紫薇，一个叫金琐！现在都在福伦大人家里当差！"

"福伦？又是他们家？"令妃审视小燕子，"你跟他们家走得真近！"

"那两个丫头真是好得不得了，跟我投缘得不得了，简直像我的姐妹一样！她们进了宫，我也不需要宫里发月俸钱给她们，皇阿玛赐我的银子，我还没有用完，我自己付月俸！只要您允许她们进宫！"

令妃凝视小燕子，十分疑惑：

"好！这件事我放在心上了，等我考虑几天再说！"

小燕子急死了。

"娘娘，不用考虑了！我那个漱芳斋，每天的饭菜都吃不下，多两个人吃饭，一点问题都没有！"

"那也不能听风就是雨，要怎么办，就怎么办！总得让我想想！"小燕子再急，也无可奈何了，只好等令妃考虑。

令妃并没有考虑太久，找来了福晋，她仔细地问了问，福晋早已和大家套好了词，说得头头是道。令妃这才恍然大悟：

"你说，那两个姑娘是还珠格格的结拜姐妹？"

"是啊！当时，还珠格格刚进宫，见着尔泰，她就托尔泰去照顾这两个姑娘！尔泰哪会做这些事呢？我就跑了一趟，谁知这两个姑娘，长得玲珑剔透，干干净净，我一看就喜欢，干脆接到家里来，让她们帮忙做做家事。这样，还珠格格想她们的时候，来我家就见着了！"

"原来如此啊！这孩子，怎么也不跟我明说呢？那么，上次格格偷溜出宫，也是要见她们两个吗？"

"不错！三个姑娘，感情好得不得了。"

令妃沉吟：

"依你看，她们进宫来当宫女，有没有什么不妥呢？"

福晋看着令妃，诚恳地说：

"还珠格格现在是皇上面前的小红人，这也是你处理得当的结果！说真的，不定哪一天，我们会需要她的支援！让她高兴，又有什么不好呢？宫里又不在乎多两个人。至于这两个姑娘的人品，我可以担保！"

令妃眼睛一亮：

"是啊！还是姐姐您想得周到，那么，就这么决定了吧！过两天，你就让她们进宫来吧！"

真是顺利得出乎意料。本来，在宫中，尊贵如令妃，要安排两个宫女进宫，根本就是小事一件。

紫薇进宫的前一晚，尔康真是矛盾极了、担心极了，离愁依依，千丝万缕，对紫薇，有说不完的话：

"紫薇，这次把你送进宫，实在是无可奈何的一条路，我千思万想，只有冒这个险，才能让每个人都各得其所！可是，在我心里，真巴不得你再也不要离开我！那道宫墙，虽然只是一道墙，感觉上，有些像铜墙铁壁！我还真不放心你，不舍得你！明天你进了宫，我会一直担心下去，还不知道要担心到哪一天为止？你还没进宫，我已经有些后悔了！不知道这步棋到底是对，还是不对？你答应我，千万千万，要小心谨慎啊！"

紫薇不住点头，凝视着尔康：

"你放心，我不是小燕子，我会非常小心，非常谨慎的！我知道你做这样的安排，有多么矛盾！我也知道，你为我想得多么深入！你明白我心底对皇上的渴望，你也明白，我在你家这样住下去，妾身不明，非长久之计！现在安排我进宫，解决了我处境的尴尬，又给未来铺下了一条相聚的路，你真是用心良苦！如果我不了解你这种种用心，我也不会听你安排了！"

尔康听得又是激动，又是感动，又是心醉，又是心碎。

"有时，真恨自己生在公侯之家，弄得身不由己！那天，在幽幽谷见到你，我应该把你抱上马，就这样策马而去，再也不要回来！"

"如果那样，你就不是有担当、有责任感的福尔康了！"

尔康深深地盯着她：

"你进了宫，我们见面就不像现在这么容易，但是，我还是会进宫来跟你见面！你随时要跟五阿哥联络，每天都要让我知道你的情形！"

紫薇拼命点头，眼中已有泪光。

"在宫里，不比外边，你又只是一个宫女，不像小燕子有'格格'身份撑腰，你的一举一动，都要留神。对皇上，也不要太心急，更不要亲情发作，就不能自已！你一定要有个数，他心底，已经先入为主地认了小燕子！"

"我知道，我都知道！"

"万一在宫里住不下去，告诉五阿哥，我们就接你出来，千万不要勉强！"

"我知道，我都知道！"

尔康深切地看着她，恨不得用眼光将她紧紧锁住。

"记住！今天的小别，是为了以后的天长地久。"

紫薇又拼命点头。

"那么，你还有话要跟我说吗？"尔康不舍已极地看着她。

"珍重！"

尔康心头一热。

"就这么两个字？"期待地问，"还有没有别的呢？"

紫薇就走到桌前坐下，开始抚琴。她一面拨出叮叮咚咚的音符，一面凝视着尔康，婉转地唱着：

> 聚也不容易，散也不容易，聚散两依依，
> 今夕知何夕！
> 见也不容易，别也不容易，宁可相思苦，
> 怕作浮萍聚！
> 走也不容易，留也不容易，心有千千结，
> 个个为君系！
> 醒也不容易，醉也不容易，今宵离别后，
> 还请长相忆！

紫薇唱完，眼光幽幽柔柔地看着尔康。

尔康神魂俱醉，痴倒在紫薇的眼神、歌声里。

于是，这一天，福晋领着紫薇、金琐，进了宫，直接来到令妃面前。

小燕子早就等在令妃旁边，用热切的眸子，盯着紫

薇，兴奋得不得了。

"娘娘！我把紫薇和金琐带来了！"福晋说。

紫薇和金琐双双跪下磕头。

"奴婢紫薇叩见令妃娘娘！娘娘千岁千千岁！"

"奴婢金琐叩见令妃娘娘！娘娘千岁千千岁！"金琐也跟着磕头。

"抬起头来！给我瞧瞧！"令妃说。

紫薇和金琐便双双抬头。

令妃走到两人面前，仔细地打量二人，心里有些惊讶，不能不赞美：

"哟！长得真是不错！白白净净，清清秀秀的！"

便问紫薇："几岁啦？"

"奴婢十八岁！"

"我十七！"金琐急忙跟着答。

"没问你，不用答话！"令妃笑着说。

"是！我知道了！"金琐急忙回答。

"好了，这'我呀我的'毛病，慢慢再改吧！跟了还珠格格，我想，这规矩就难教了。不过，格格得到皇上特许，可以不苛求'规矩'，你们两个，就不一样了！这些宫中的礼仪规范，还是要遵守的！如果出了差错，别人会说我令妃，怎么让你们两个进宫的！知道吗？"

紫薇急忙磕头说：

"奴婢谢娘娘指点！一定遵守规矩，不让娘娘为难！"

令妃一怔，忍不住再看了紫薇一眼。

小燕子站在一边，早已忍耐不住，上前对令妃急急地说：

"我可不可以带她们回漱芳斋了？"

"你急什么？我话还没有说完呢！"令妃又对两人叮嘱，"你们两个，是靠着还珠格格的面子进宫来的，没有受过正式的宫女训练，自己要机警一点，要知道分寸！就算在漱芳斋里，也不可以和格格没上没下！宫里地方大，除了漱芳斋，别的地方不要乱走乱逛！出了娄子，可没有人给你们收拾！"

紫薇又磕头，说：

"奴婢谨遵娘娘教诲！一定会自我约束，谨守本分，不敢逾矩！"

令妃又看了紫薇一眼，觉得此女说话不俗，有点纳闷。

小燕子已经急得不得了：

"娘娘！您说完没有？其他的规矩，我会慢慢地教她们！"

令妃睁大眼睛，失笑地说："你教？那你还是别教的好！"

正说着，外面忽然传来太监的大声通报：

"皇上驾到！"

紫薇一听到这四个字，脑中顿时轰的一响，整个人就惊得一颤。皇上？皇上？她才进宫，居然马上可以见到皇上？天啊！她的心擂鼓似的在胸腔里敲击，脸色顿时发白，眼睛直了。皇上来了，乾隆来了，那一国之君，万人之上，她从未谋面的亲爹啊！她简直不能呼吸了，跪在那儿动也不敢动。

乾隆大步走进，一屋子的人请安的请安、拜倒的拜倒。

令妃和福晋急忙迎过去。

"皇上，怎么这会儿有时间过来？"令妃问。

乾隆心情良好，大笑说：

"哈哈！今天真高兴，缅甸的问题解决了！他们居然派了使者，要来讲和！可见咱们大清朝，还是威名赫赫！几位大将，都不含糊！"这才看到福晋，笑着说，"哟！这儿有客！"

福晋早已福了下去：

"臣妾参见皇上！"

乾隆对福晋点点头，和颜悦色地说：

"朕刚刚还奖励福伦了一番！你家的尔康、尔泰，越来越有出息了，你的相夫教子，功不可没！"他一转眼，看到小燕子，更乐了，对小燕子招手说，"过来！过来！许你不学规矩，你见了皇阿玛，还是应该主动招呼一声，怎么这样傻傻的？"

小燕子看到乾隆进门，就和紫薇一样，兴奋得发呆了，一双眼睛，不停地看乾隆，又不停地看紫薇，恨不得冲上前去，拉着乾隆大喊：看啊看啊！那才是你的女儿啊！赶快认清楚啊，那才是你真正的还珠格格啊……可是，她什么话都不能说，拼命憋着，看来看去，心情紧张，魂不守舍。这时，听到乾隆点名召唤，才急忙请安，说道：

"皇阿玛吉祥！"

乾隆对小燕子笑着说：

"哈哈！你是金口啊！居然给你说中了！你说，国家会越来越强盛的，果然不错！'国有乾隆，谷不生虫'也有点儿道理！哈哈！"

乾隆忽然看到跪在地上的紫薇、金琐，一怔，就仔细地看了看。紫薇接触到乾隆的眼光，心里扑通扑通跳，心脏几乎从嘴里跳了出来。她知道应该低头，就是无法移开视线。天啊！他多么英俊，多么高大，多么神气啊！她心里想着，身子僵着。乾隆看了一会儿，觉得眼生，便不在意地挥手说：

"起来！起来！不要每个人看到朕，就跪着忘记起身！"

紫薇再度一颤，看到乾隆跟自己说话，连呼吸都几乎停止了，脸色苍白得厉害。

在一边的福晋，急得要命，赶快走过去，轻轻一碰紫薇：

"皇上要你们起来，就赶快谢恩起来呀！"

紫薇这才觉醒，抖着声音磕下头去：

"谢皇上恩典！"

金琐也跟着说了一句，两人站了起来。紫薇心情太激动了，又在久跪之后，脚下一软，差点跌倒。金琐急忙扶住，一声"小姐"几乎脱口而出，幸好及时咽住了。

乾隆觉得两人有点奇怪，诧异地再看了她们一眼。

令妃就说：

"这是新来的两个宫女，我拨给小燕子用了！"

乾隆听说是宫女，毫无兴趣。

"哦！"转头看小燕子，"你今天是怎么啦？平常话多得很，今天怎么如此安静？"

小燕子一惊，慌忙振作了一下，没话找话，对乾隆说："皇阿玛，'面店'的问题解决了，'生姜'的麻烦是不是也没有了？"

乾隆怔了怔，半天才醒悟，大笑说：

"是！'面店'的问题解决了，'生姜'的麻烦也会过去！"拍拍小燕子的肩膀，立即一瞪眼，"什么'面店''生姜'，还'麻油'呢！明天去跟纪师傅说，皇阿玛要你把边疆问题，弄弄清楚！"

小燕子着急，提到纪师傅就头大，说：

"'生姜'都还没闹明白，你还要我学'边姜'！'边姜'是个什么姜，我怎么弄得清楚嘛！明天我可不可以不上课？因为，我……"看紫薇，突然把紫薇推到乾隆面前，冒出一句，"这是紫薇！"又指指金琐，"那是金琐！"

乾隆觉得莫名其妙，再看了两人一眼，心不在焉地说：

"好好，你们不必一直杵在这儿，下去吧！"

紫薇的心，蓦地一沉，好生失望，脸色就一片惘然，眼神中一片落寞。

小燕子急忙对乾隆屈了屈膝，嚷着说：

"谢谢皇阿玛！我带她们先去漱芳斋，等会儿再来侍候您！"

小燕子一拉紫薇，紫薇便对乾隆福了一福，跟着小燕子，失魂落魄地出去了。金琐依样画葫芦地福了一福，也跟着出去了。

福晋这才暗暗地呼出一口气，被这一幕父女相见，弄得紧张死了。

从延禧宫出来，紫薇失神落魄，小燕子神魂未定，金琐却兴奋不已。"我见着皇上了耶！真的是皇上！他看起来好年轻，好威风啊！他脾气挺好的样子，一直笑！"金琐低低地，不敢相信地说。

"你没看到他发脾气的时候，只要喉咙里哼那么一声，一屋子的人都会吓掉魂，扑通扑通全跪一地！"

小燕子说。

金琐陷在自己的震撼里。

"当皇上好神气呀!"她转头看小燕子,羡慕地说,"你也很过瘾嘛!皇上对你那么好,你说那个'生姜'的时候,他笑得好高兴!"忽然发现紫薇的失魂落魄,急忙对紫薇说,"小姐,你不要难过,他现在还没发现你呢!"

小燕子也急忙对紫薇说:

"今天才是你第一天进宫,想不到皇阿玛会突然进来,你一点准备都没有,当然没办法引起皇阿玛的注意,你千万不要泄气,日子还长呢!"

紫薇眼中含泪,轻轻地说:

"我没有泄气,也没有难过,只是……忽然发现自己的亲爹站在那儿,高大,挺拔,威武,神气……我觉得心里像是烧滚的油锅一样,整颗心都快从嘴里掉出来了。我那么激动,但是,他几乎没有正眼看我!"

"小姐,你别急呀!小燕子说得对,日子还长着呢!咱们慢慢等机会嘛!"

紫薇忽然回过神来,惊觉地说:

"金琐!小心!你如果不改称呼,我们迟早会出问题的!"

金琐被提醒了,急忙收收神:

"我忘了!以后一定注意,绝对不再出错!"就对小燕子屈屈膝,"格格请走前面,奴婢后面跟着!"

小燕子看了紫薇一眼,心中涨满了喜悦,实在没有办法让紫薇跟在自己身后做"奴婢"，又见紫薇若有所失，便跑过去，一把挽住紫薇的胳臂，热情地说：

"紫薇！你振作一点！不要失望！现在，我们两个又在一起了，多好呀！想想看，几个月以前，我们还什么门路都没有，像没头苍蝇一样到处乱飞，不知道要怎样才能见着皇上！现在，我们两个都进了宫，而且……"

紫薇被小燕子鼓舞了，深吸口气，说：

"而且，我已经见着了皇上！这才是我进宫的第一天，我居然就见着了他！"说着说着，就喜不自胜了。

小燕子因紫薇的高兴而高兴，跳跳蹦蹦地走着、说着：

"是啊是啊！我们已经很不容易了！这就像五阿哥说的，山路走完了有水，柳树落了又有花……"

紫薇笑着更正：

"山重水复疑无路，柳暗花明又一村！"

"对对对！就是这两句话！"拍着紫薇的肩，又笑又兴奋，"我们已经走完山路，现在走水路了！你还有什么不开心呢？开心起来！知道不知道？"

紫薇心情已经好转，被小燕子引得兴奋起来，应道：

"是！格格！奴婢遵命！"

"你敢这样叫我……我呵你痒哦！"小燕子笑着喊。

紫薇机警四望，咳了一声："格格，请走好！"

小燕子赶紧收敛，放眼四望。

容嬷嬷站在回廊下，正对三人阴沉而好奇地凝视着。

小燕子笑容僵了，拉了紫薇一下。"我们绕路走吧！别惹这个老巫婆！"小燕子低声说。

紫薇觉得有点不对，眼光顺着小燕子的眼光看去，和容嬷嬷冷冽的眼神一接，不知怎的，竟激灵地打了个寒战。

小燕子带着紫薇和金琐，走进漱芳斋，就兴奋地大喊：

"明月！彩霞！小邓子！小卓子！通通过来！通通过来！"

明月、彩霞、小邓子、小卓子立刻奔了过来，屈膝的屈膝，哈腰的哈腰。

"格格吉祥！"

"我要给你们大家介绍两个人！"小燕子喊着，就一手拉紫薇，一手拉金琐，对四人说，"这是紫薇，这是金琐！对宫里的人来说，她们两个是我这儿新来的宫女，实际上，她们两个是我的结拜姐妹！"

紫薇吓了一跳，看着小燕子：

"格格！怎么这样说？"

小燕子对紫薇一笑：

"如果我们在漱芳斋里，还要避这个避那个，我们就活不下去了！你放心，他们四个，已经是我的心腹了，就像五阿哥的小桂子和小顺子，大家是一条心，一条命！他们不会出卖我！"就看四人问，"是不是？"

四个人异口同声，有力地回答：

"是！"

小燕子又继续交代：

"紫薇和金琐，名义上是我的宫女，那是没办法的事，因为我要她们进宫，只能这样安排，你们给我咬紧牙关，不要胡说八道，知道吗？如果有刀搁在你们脖子上，逼你们说，那怎么样？"

四个人都抬头挺胸，豪气干云地嚷：

"要头一颗，要命一条！"

紫薇和金琐看傻了……

"既然她们是我的姐妹，那么，是你们的什么？"小燕子再问。

"是主子！"四个人回答。

小燕子笑了起来：

"什么主子？教也教不会！大家是一家人！知道吗？一家人！你们怎么待我，就要怎么待她们两个，谁对她们不礼貌，就是对我不礼貌，知道吗？"

"知道了！"大家又高声回答。

小邓子眼光在紫薇和金琐脸上看来看去，恍然大悟，说：

"这就是那两位'天仙'姑娘嘛！咱们都明白了，上次在茅屋前面，格格要咱们找的那两个天仙，就是她们。

没想到，'天仙'也来漱芳斋！咱们的'家'，就越来越大了！"

"说得好！小邓子有赏！"小燕子兴高采烈。

四人就赶快上前，对紫薇、金琐拜了下去。

"奴才、奴婢叩见天仙姑娘！"

紫薇慌忙拉起明月，金琐就拉起彩霞。

"千万不要这样称呼，更不能对我们拜来拜去！"

紫薇急忙说："我是紫薇，那是金琐，以后，大家都称呼名字，免得让别人疑心！"回头对金琐说，"金琐！咱们带来的东西呢？"

金琐打开一个随身的小包袱，紫薇拿了两件首饰、两个钱袋，过来分给四人。

"一点见面礼，请大家收了！"

金琐笑着对四人说：

"别小看那个钱袋，是咱们小姐亲手做的，这些首饰，也是小姐自己戴过的东西！既然在这漱芳斋里，不用避讳，那么，我就得告诉你们，紫薇名义上是我的结拜姐妹，事实上，是我的主子！"

四人拿着礼物，又惊又喜，看到紫薇气度不凡，不禁油然生敬。但是，对于这两人的身份，实在头昏脑涨了。

小邓子不管他三七二十一，又拜了下去：

"谢紫薇姑娘赏赐！谢金琐姑娘赏赐！"

其他三人立即依样画葫芦地拜了下去，喊着：

"谢紫薇姑娘赏赐！谢金琐姑娘赏赐！"

小燕子对紫薇一笑说：

"没办法，慢慢再来教他们！这主子奴才，小姐丫头……别说他们会糊涂，连我都糊涂了。"

那天晚上，在漱芳斋，有一场"宴会"。

小燕子一定要给紫薇和金琐接风，命令小邓子、小卓子、明月、彩霞全体参加，反正漱芳斋没有"主子奴婢"那一套，大家都是"一家人"。

小燕子兴致勃勃，不管三七二十一，拉着七个人"聚餐"，几杯酒一下肚，就得意忘形了，面颊红红的，握着酒壶，为每一个人斟酒，兴高采烈地喊：

"喝呀！大家尽兴一点，好好地喝一杯！我今天太高兴了，高兴得快要昏掉了！自从进宫以来，今天是我最高兴的一天，紫薇！喝酒喝酒，不要怕！我们已经把院子门、房门都锁起来了，别人进不来！"

小邓子、小卓子、明月、彩霞虽然和小燕子同桌，却怕得要命，不住回头观望。

紫薇和金琐也很不安，时时刻刻望向门口。紫薇见小燕子已有醉意，便拉拉小燕子的衣袖，警告地说：

"格格！你收敛一点，听说，你这个漱芳斋，皇上随时会来，你喝得醉醺醺，万一给皇上撞见，岂不是又要遭殃吗？"

小邓子立刻站起身来，害怕地说：

“紫薇姑娘说得对，我看，我还是去门口守着吧！有人来，我也可以通报一声！”

小燕子笃定地说：

“坐下坐下！不要扫兴嘛！皇阿玛今天不会来我这儿了！饭前我去请安，皇阿玛说，今晚要和兆惠将军吃饭！兆惠将军不知道从什么'姜'回来，皇阿玛好忙，要跟他谈'边姜'大事！所以，他们那儿'面店生姜'，咱们这儿我就可以花雕陈绍了！来呀！”欢喜地一口干了杯中酒，大叫，“紫薇！为了庆祝我们的团圆，喝吧！今天不醉的人是小狗！”金琐连忙站起身来：

“好了，小姐，你就和格格痛痛快快地喝酒吧！你不喝，她不会安心的！我来做小狗，帮你们守门。”

“我来做小狗吧！我守门！”小邓子忙说。“我也做小狗吧！”小卓子跟着说。

“我看，我跟大家一起做小狗！”明月说。

“那……我也要做小狗！”彩霞也说。

小燕子生气，跳起来大叫：

“你们不要气死我好不好？哪有抢着当'小狗'的道理？我要那么多小狗干什么？来来来，大家勇敢一点，高兴一点，起劲一点！天塌下来，有我撑着！”

说着，就近抓住彩霞，就端起酒杯，往她嘴里灌去：

“再不喝，算你'抗旨'！”

彩霞不得已，咕嘟咕嘟喝下酒。

小燕子再端着一杯酒，双手捧着，走到紫薇面前，说：

"这杯酒，我要敬你！这些日子，我让你受尽委屈，让你伤心，让你难过，还差一点永远见不到你，我的罪过，堆得比山还高！今天，我就借这一杯酒跟你诚心诚意地道歉！如果你真的原谅了我，就干了这一杯吧！"

紫薇听小燕子说得真诚，叹了口气，举起杯子豪气地说：

"好了！千言万语，尽在不言中！我干了！"就一口喝干了杯子。

小燕子快乐极了，简直要乘风飞去了，对大家喊：

"都来干一杯吧！小邓子，小卓子，明月，彩霞……你们一个也不要逃，为了'还珠格格'，大家干一杯！为了我们大家的脑袋，再干一杯！但愿'格格'不死，'脑袋'不掉！"

四人一听，这杯酒关系大家的"脑袋"，就通通举杯了，大声地喊：

"祝'格格不死、脑袋不掉'。"七个酒杯，重重碰上。

这样一干杯，大家就都松懈下来，你一杯，我一杯，逐渐放任地喝了起来，一会儿之后，桌上已经杯盘狼藉。再过一会儿，七个人全部喝得醉醺醺。小卓子趴在桌上睡着了，小邓子满屋子行走，嘴里念念有词，不知道在说什么。明月搂着彩霞，两人低低地唱着歌。

金琐拼命维持清醒，睁大眼睛看着小燕子和紫薇。

小燕子已经大醉，抱着紫薇，一面诉说，一面掉泪：

"我算什么嘛？义气没义气，勇气没勇气……说穿了，我就是一个骗子嘛！以前骗吃的骗喝的，还说得过去，骗你的爹，就应该被雷劈死，被闪电打死……我坏嘛，黑心嘛……连自己的结拜妹妹我都骗，我会下地狱的……"

紫薇搂着小燕子，像个慈母般拍着，帮她擦泪，安慰着：

"嘘！不要说了！玉皇大帝和阎王老爷都好忙，世界上太多的是是非非、对对错错、好好坏坏……他们管都管不了！轮不着你！嘘……别哭。我保证你不会下地狱，有我守着你呢！有我看着你呢！"

金琐看得好感动，不住地吸鼻子。

就在此时，窗子外咯噔一响。

小邓子蓦然收住脚步，对着窗子大叫：

"什么人？"便冲到窗前去，一开窗子。

窗外，一条黑影，晃了一晃。小邓子大喊：

"窗外有人！"

小燕子直跳起来，酒醒了一半，泪痕未干，就冲到窗前，嘴里大吼：

"是哪条道上的人，报上名来！"

窗外的黑影，一闪而过。

"你逃？你往哪里逃，你不知道你姑奶奶叫作'小燕子'。"小燕子叫着，便施展轻功，向窗外蹿去。

谁知，小燕子不胜酒力。这一蹿，竟然将脑袋在窗棂上撞得砰然一响，身子便重重地跌落在地，嘴里不禁"哎哟哎哟"叫出声。

紫薇、金琐、明月、彩霞、小邓子全部围过来看小燕子。

紫薇抱着小燕子的头，拼命揉着：

"不得了！撞出一个大包了，怎么办？"转头急喊，"金琐！那个'跌打损伤膏'有没有带来？"

"好像没有耶！"

"药膏？我这儿有一大堆，皇上说格格容易受伤，留了各种药膏。五阿哥又送了一大堆来，我去拿来！"明月说，就奔去拿药。

小燕子一挺身，从紫薇怀里坐起来，气呼呼地，还要对窗外冲去，嘴里怒骂：

"哪个王八蛋，在外面鬼鬼祟祟？有种！你给我出来！"说着，就摇摇晃晃地，又要施展轻功，往窗外蹿。

紫薇慌忙一把抱住了小燕子：

"算了算了，你站都站不稳，怎么追人吗？"

"人已经跑了，追也追不上了。"金琐也说。

小燕子仍然跳着脚骂：

"会武功？会武功有什么了不起？半夜三更来偷看，

看什么看，欺负我这儿没高手是不是？赶明儿我把柳青、柳红也弄进宫来，看你们还能逃到哪里去！气死我了！"

一场宴会，就被这门外的黑影给匆匆地结束了。

紫薇进宫的第一天，也就这样结束了。

第十五章

　　尔康自从紫薇进宫，就害起相思病来。心里七上八下，总是怀疑自己的主意拿错了，一天到晚，魂不守舍。虽然，永琪和尔泰都说，小燕子这两天很乖，宫里也没有出什么状况，可是，他就是不能安心，也不能放心。早也想紫薇，晚也想紫薇。这天，他再也按捺不住了，就不管合不合适、得不得体，拉着永琪、尔泰，一起来到漱芳斋，探视紫薇。

　　紫薇看到他们，又惊又喜又紧张，问：

　　"你们三个人，就这样闯来了？给人看到有关系没有？"

　　"五阿哥是阿哥！在宫里走来走去，当然没关系，我跟五阿哥是一道的，也没关系！就是尔康没事往宫里跑，有点问题！"尔泰说。

"那……尔康，你还不赶快离开！不要让人发现了！"紫薇着急地说。

尔康盯着紫薇看，眼里，盛载着千言万语：

"已经冒险进来了，你就不要担心害怕了！就算有人看到，说是陪伴五阿哥，过来办事，也就搪塞了。总之，皇上没出宫，我在宫里陪着，也还说得过去！"他上上下下地看紫薇，好像已经分别了几百年似的，"你怎样？好吗？有进展吗？"

"我才进来几天，谈什么进展呢？除了第一天匆匆忙忙地见了皇上一面，到现在根本就没有再见到过他！"

"大家长话短说，说完了就走！咱们三个这样出现在漱芳斋，实在有点引人注意！"永琪说，看着小燕子的额头，"怎么肿个大包？又跟人动手了吗？"

一句话提醒了小燕子，就急急地说：

"你们三个臭皮匠，赶快再想个办法，给我找几个武功高手来。要不然，你们去找柳青、柳红，把他们弄进宫里来，做我的侍卫！"

永琪睁大眼睛：

"你这真是异想天开！刚刚把紫薇、金琐弄进来，已经好不容易，你还想把柳青、柳红弄进来！"

"等到柳青、柳红进来之后，你大概就想把什么小豆子、小虎子、宝丫头……通通弄进来，你预备把整个大杂院搬进皇宫，是不是？"尔泰问。

"可是！我这漱芳斋晚上会闹贼！半夜三更，还有夜行人来偷看！我的武功，越来越退步，翻个窗子，都会撞到头！"

"那是因为你喝醉了！"紫薇说。

尔康、永琪、尔泰大惊。

"有人偷看，什么人？你们有没有注意？小邓子、小卓子他们怎么不在外面守卫？"

金琐给每个人倒了茶过来，说：

"小邓子、小卓子都喝醉了！那晚，小燕子一定要给我们接风，大家都醉了！"

三个男人全部变色。

尔康就往前一迈，对小燕子急促地、命令地说：

"你不要太任性了，不管心里怎么高兴，都不可以全体的人喝醉酒，你好歹要让小邓子、小卓子保持清醒……不不！不止小邓子、小卓子，你们谁都不可以喝醉！这个宫廷之中，敌人到处都是！防不胜防！你们两个都有任务在身，不是进宫来玩的！这大局一天不定，你们两个都有危险！怎么一点警戒心都没有呢？"

"好了好了！你别训我，人，总有忍不住的时候嘛！你还不是一样，明知道跑到漱芳斋来不妥当，你还不是进来了？"小燕子不高兴地说。

尔康一怔，尔泰便急急地把尔康推到紫薇身前。

"小燕子说得有理！你有话快说，如果要我们回避，我们大家就回避!"

紫薇脸一红,还没说什么,忽然,外面传来小顺子和小桂子的急呼:

"皇后娘娘驾到!"

接着,是小邓子和小卓子的急呼:

"皇后娘娘驾到!"

接着,又是明月、彩霞的急呼:

"皇后娘娘驾到!"

室内众人,全部吓了一大跳,还来不及交换任何讯息,皇后已经大步走入,后面跟着容嬷嬷、宫女、赛威、赛广和太监一大群人。

一屋子人赶快行礼的行礼,请安的请安。紫薇和金琐急忙匍匐于地,喊着:

"奴婢紫薇、金琐叩见皇后娘娘。恭祝娘娘千岁千千岁!"

皇后的头,高高地昂着,眼光威严而凌厉地环室一扫,挑了挑眉毛说:

"小燕子!你这漱芳斋可真热闹,外面奴才站了一院子,里面主子站了一屋子!五阿哥和福家两位少爷都在,真是盛会!哟,这儿还有两张生面孔,想必就是令妃娘娘赐给你的宫女了!"就看着紫薇、金琐,命令地说,"抬起头来给我瞧瞧!"

紫薇、金琐就抬起头来。

皇后来，就是冲着紫薇和金琐来的。听说漱芳斋又来了新的宫女，而且是"令妃赏赐"，心里就是一肚子气，又有一肚子的怀疑。一个不学无术的小燕子，到底需要多少奴才？令妃和小燕子，到底在搞些什么把戏？她有意要看看两个新人，是何方神圣？所以，当紫薇和金琐抬头，她就认真地、仔细地看二人，好像要在两人的脸上挖掘出什么秘密似的。好标致的丫头！皇后看得纳闷，满屋子的人也被皇后的眼光，弄得惴惴不安起来。

"你刚刚说你叫什么名字？"皇后问紫薇。

"紫薇，就是紫薇花那个紫薇！"紫薇战战兢兢地回答，难免紧张。

皇后下巴一抬，可逮着机会了，就大喊：

"容嬷嬷！给我教训她！居然不说'奴婢'，简直反了！"

容嬷嬷立刻上前，劈手给了紫薇重重的一耳光。

满屋的人全部惊跳起来，尔康几乎冲了出去，被尔泰机警地一把抓住。可是，尔泰顾到了尔康，就没顾到小燕子，小燕子直冲上前，大嚷：

"容嬷嬷！你敢！"容嬷嬷旧恨新仇一起算，得意地说：

"我帮皇后娘娘教训奴才！有什么不敢？"

皇后厉声说：

"容嬷嬷！再教训她！"

"遵命！"

容嬷嬷大声应着，竟左右开弓，对着紫薇的脸熟练而迅速地连续开打。

尔康又气又急又心痛，脸色都白了，浑身发抖。

尔泰死命拉住他，对他制止地摇头，他眼睁睁地看着紫薇挨打，竟然一筹莫展。

金琐还不知道宫里的规矩和厉害，急喊了一声，什么都顾不得了，扑上去，用身子挡着紫薇，喊：

"打我！打我！我来替代她受罚！"

"容嬷嬷，两个一起打！"皇后怒喊。容嬷嬷便抓着金琐的头发，一阵噼里啪啦，耳光清脆地响着。

"谁敢打她们！容嬷嬷！我要你的命……"

小燕子嘴里喊着，身子就箭一般往前冲去，赛威、赛广一拦，她就像撞到了铜墙铁壁，震开好几步。

小燕子大怒，飞扑上去，动手就打，赛威一伸手，小燕子哪是对手，被赛威一摆，身子像断线的风筝一般飞跌出去。永琪再也忍不住了，飞身一跃，接住小燕子，气得脸色发青，大吼：

"反了吗？敢对格格动手！"同一时间，尔康也什么都顾不得了，挣开了尔泰，他飞蹿上前，左打赛威、右打赛广，一阵连环踢，把赛威、赛广踹了开去。赛威、赛广见是尔康，不敢还手，被打得毫无招架之力。尔康一面打，一面怒喊：

"赛威、赛广！你们好歹是我的手下，不要命了吗？谁敢再动手，我把他交到大内监牢去！"

赛威、赛广被吓住了，镇住了，连连后退。

皇后走到尔康面前，昂着头说：

"福大人，你是不是要把我也送到大内监牢去？"

尔康吸了口气，面色惨然地躬身说：

"臣不敢！请皇后娘娘看在五阿哥的面子上，再闹下去谁都不好看，请手下留情！"

永琪也急忙往前，说：

"皇额娘！这漱芳斋是皇阿玛最喜欢的地方，皇额娘不看僧面看佛面，手下留情！"

"留什么情？这还珠格格有圣旨，可以不守规矩，难道奴才也有吗？我就教训了她们，你们预备怎样？"

皇后回头喊："翠环、佩玉……你们也上去！帮容嬷嬷教训这两个丫头！"

宫女便应着"喳"，上前帮容嬷嬷，分别抓住紫薇、金琐，容嬷嬷扬起手来，又要对两人打去。

尔康飞快地冲过去，人已经切入容嬷嬷和紫薇之间，伸手一挥一舞，两个宫女飞跌出去。容嬷嬷眼睛一花，已经被震倒在地。一时之间，"哎哟哎哟"之声不断，屋子里摔的摔，跌的跌，乱成一团。

皇后气得快疯了，怒喊：

"赛威！赛广！你们是死人吗？"

尔泰和永琪对看一眼，见闹成这样，就都豁出去了。两人同时迈步，一个拦住赛威，一个拦住赛广。

永琪就高高地昂着头，语气铿然地说道：

"皇额娘！儿臣斗胆，请皇额娘高抬贵手！今天，儿臣在漱芳斋，就不允许任何人在这儿动手！如果要动手，无论是谁，都得先把我摞倒再说！"

永琪气势凛然，不可侵犯。容嬷嬷、宫女、赛威、赛广全都被震慑住了。

皇后气得脸色铁青，话都说不出来。

紫薇见场面弄得如此不可收拾，心惊胆战，又怕连累到尔康、尔泰和永琪，急得五内如焚，便膝行到皇后面前，磕下头去。

"皇后娘娘请息怒，奴婢罪该万死，让娘娘生气！奴婢甘愿受罚，请娘娘饶恕大家！"说完，就自己掌嘴。

金琐大惊，也爬行过来，哭着说：

"皇后娘娘！请罚金琐，饶了紫薇！"说着，也自己掌嘴。

这时，小邓子、小卓子、小顺子、小桂子、明月、彩霞全都进来，跪了一地。

"皇后娘娘！奴才们愿意代她们两个受罚！"六个人便噼里啪啦，自打耳光。

皇后看着跪了一地的奴才，如此护着紫薇、金琐，心中实在震撼，见大家纷纷自打耳光，总算面子有了，就乘机下台，说：

"好了！不用打了！"

大家停手。

皇后扫了尔康、尔泰和永琪一眼，眼神阴沉而凌厉，义正词严地说：

"国有国法，家有家规！今天我管奴才，用的是'家规'！这整个皇宫，还没听说过，我不能教训奴才！今天看在五阿哥面上，我就算了！大家也都收敛一点吧，这漱芳斋是宫闱重地，不是酒楼！身为阿哥和臣子，也该自己有分寸！"

"皇额娘教训得是！"永琪忍气吞声说。

"谨遵皇后娘娘教诲！"尔泰也应着。

唯有尔康，脸色苍白，咬牙切齿，一语不发。

皇后就一挥手说：

"容嬷嬷！咱们走！"

皇后带着众人，昂着头，威风凛凛地走了。

皇后一走，大家就纷纷从地上跳了起来。明月和彩霞，急急忙忙端了一盆水来，绞了帕子，来给紫薇和金琐敷脸。小燕子也来帮忙，一面给紫薇敷脸，一面说：

"拿冷帕子这样冰着，比较不疼，而且可以消肿，明月彩霞她们都有经验，我帮你弄！"

紫薇推开小燕子忙碌的手：

"算了！算了！没有关系！"她着急地看着尔康等三

人，"你们怎么还不走？"

尔康窜上前去，拉着紫薇就向外走。

"走！我们一起走！我这个猪脑袋想出来的笨主意！我恨不得把自己给杀了！走！我们这就出宫去，什么都不要了！天涯海角，难道还没有我们两个容身之地吗？"

"尔康！你理智一点！"永琪一拦。

"我不要理智！我就是太理智了，才会把紫薇和金琐陷入困境，我要把她们救出去！我什么都不管了！"尔康红着眼说。

尔泰跺脚，拦住尔康：

"哥！你不要碰到紫薇的事，就阵脚大乱！你什么都不管，你怎么能什么都不管，阿玛跟额娘你要不要管？五阿哥你要不要管？小燕子你要不要管？令妃娘娘你要不要管？"

紫薇死命挣脱了尔康，眼泪滚了下来：

"我不跟你走！我好不容易进宫来了，好不容易见着了皇上。你现在用一百二十匹马来拖我，也没办法把我拖出宫去！"眼泪汪汪地看着尔康，"你快走，不要管我了，我不痛，真的！挨两下打，没有关系！我以后会很小心，不会说错话！"

"你还不了解吗？皇后想打的不是你，是小燕子！她不敢打小燕子，就打你！你无论怎么讲话，她都可以挑你的错！"尔康喊。

"那也阻止不了我要留下的决心！"紫薇哀求地看着尔康，"我才进来几天，什么状况都没摸清楚，要见的人，要说的话，要做的事……一件都没有完成。你要我现在放弃，死也不甘！你那么了解我，才把我送进来，怎么不成全我呢？"

小燕子气得胃都痛了，用手揉着胃，手里拿着湿帕子，满屋子乱转。

"尔康！你不要婆婆妈妈了，今天的仇，我记下了！总有一天，我会跟她们算总账！你尽管把紫薇交给我，我来保护她！"小燕子气冲冲地叫。

"就是交给你，我才心惊胆战！你连自己都保护不了，怎么保护她？"

永琪对大家喊：

"大家都冷静一下好不好？"

大家安静了片刻，永琪就对尔康正色说：

"不要再说带走紫薇的话，人，是你额娘送进来的，要带走，也得让你额娘来带！现在这样走，等于全盘皆输，你服吗？"

尔康冷静下来了，深思着。永琪急急地说：

"不要感情用事了！棋，已经走到这一步，没办法后悔了！现在，最重要的，还是眼前的事！皇后看到我们三个在这儿，已经满肚子怀疑了，又闹得这么严重。紫薇和金琐虽然吃了亏，她也吃了亏！她会甘休吗？刚刚，已经对我们话里藏刀，现在，会不会跑到皇上面前去说一些不干不净的话？咱们在宫内这样大打出手，对方又是皇后，可是犯了大忌啊！一个'忤逆'罪，大家就吃不了兜着走！"

紫薇一听，更是心惊胆战：

"那要怎么办？"

小燕子往门外就跑：

"我先去跟皇阿玛告状！就说皇后娘娘来我这儿杀人放火！打我的人，安心要我活不成！"

尔康一把拉住小燕子，被永琪点醒了，理智也恢复了：

"你不要毛毛躁躁，这样不行！"想了想，点头说，"不是你去！应该我们三个去！"

乾隆正在御书房批奏章，永琪、尔康、尔泰三个，气急败坏地进来了。

永琪一进门就急切地嚷着：

"皇阿玛！儿臣先跟您请罪！刚刚咱们三个，大闹漱芳斋，跟赛威、赛广动了手，气走了皇额娘……"

乾隆惊愕极了。

"永琪，你慢一点，到底是怎么回事？尔康！你讲！"

尔康就急急禀告：

"皇上！刚刚我们三人，正和还珠格格研究边疆问题，皇后娘娘忽然带着容嬷嬷、侍卫、宫女……浩浩荡荡到了漱芳斋，才说了两句话，皇后娘娘就命令容嬷嬷打人，是臣一时按捺不住，没有时间深思熟虑，唯恐还珠格格吃亏，只有下手维护！”

乾隆大震：

“怎么？皇后又去漱芳斋找小燕子的麻烦了？小燕子挨打了吗？”

“打的不是格格，是令妃娘娘赏赐的两个宫女！可是，格格气得发狂了，完全失去理智了⋯⋯”尔泰说。

“朕听得糊里糊涂，到底是怎么回事？”

永琪就急如星火地喊：

“皇阿玛！事情经过，让儿臣再慢慢禀告！总之，就是容嬷嬷打了新来的紫薇、金琐，皇阿玛也知道，小燕子那个脾气，是最重义气、最爱护奴才的！打她还好，打了她手下的人，比打她还严重！她一气，就无法控制了！现在，正在漱芳斋发疯呢⋯⋯”“发疯，什么叫发疯？”乾隆大惊，跳起身子，“朕自己去看！”

乾隆带着尔康他们三个赶到的时候，看到的是一个惊人的场面。

只见一条白绫，高高地挂在屋檐上，下面凳子叠凳子，架得好高。小燕子爬在凳子顶端，正要把头往白绫圈圈里套去。脸上，一脸惨烈，嘴里，激烈地喊着：

“士可杀不可辱！被人这样欺负，不如死掉算了！”

凳子下面，小桂子、小卓子、小顺子、小邓子全部吓得魂飞魄散，绕着凳子尖叫。大家各喊各的，吼声震天：

"格格！不可以！千万不可以！格格冷静呀，命只有一条呀……"明月和彩霞吓得发抖，跪在地上磕头，哭喊：

"格格！下来呀！求求您下来吧！"

"格格，我给您磕头！您要保重呀，这种玩笑开不得呀！"

紫薇、金琐抬头，仰望着高高在上、摇摇欲坠的小燕子，也不禁心惊胆战。紫薇哀求地喊着：

"你下来吧！不要这样嘛！我看起来好可怕！"

"小心小心啊……不要把头伸进去呀……一伸进去就真的完了！"金琐也喊。

大家各喊各的，一片混乱。小燕子却怒喊不停：

"你们谁都别劝我，士可杀不可辱！我气死了，不要活了……"

小燕子一面尖叫，一面眼观六路。

乾隆急急地冲了进来，小燕子的声音立刻高了八度："紫薇！我死了，你帮我收尸，带我回济南，葬到我娘的坟边，给我立一块墓碑，上面写'还珠格格冤死之墓'……我走了！大家再见！"

乾隆一见这等景象，惊得目瞪口呆，急喊：

"小燕子！你这是干什么？你下来！这是圣旨！"

小燕子悲声喊：

"皇阿玛，小燕子跟您永别了！那个……士可杀不可辱，小燕子变成鬼，还是会孝敬您的！"

小燕子说完，眼睛一闭，头伸进白绫圈圈，脚下一踢，凳子乒乒乓乓摔倒。

底下众人的声音吼成一片，有的叫"格格"，有的叫"小燕子"，有的叫天，有的叫地，有的叫菩萨。

"尔康！永琪！你们还不上去救她……"乾隆大喊。

谁知，那白绫的结根本是虚打的，哪里套得往小燕子，乍然松开。

乾隆话未说完，小燕子却从空中直溜溜地掉下来了，正好掉在乾隆脚前。

乾隆惊愕，眼睛从上面移到下面，瞪着小燕子。

小燕子一跃而起，嘴里怒骂着：

"什么都跟我作对，连个白绫都跟我作对！"

小燕子一面喊，一面捞起白绫，奔到另一根屋檐下，搬凳子，架凳子，跃上凳子，抛白绫，打结……

乾隆看出苗头不大对，怒喊：

"小燕子！你在胡闹什么？"就对尔康等人一瞪眼，"你们由着她胡闹吗？赶快把她给捉下来！"

"臣遵旨！"

尔康和尔泰便飞跃上去，把小燕子拉下了地。

乾隆往小燕子面前一站，生气地瞪着她：

"你这是怎么了？你到底有完没完？你要气死朕吗？只有那些没教养的小女子，才闹这出'一哭二闹三上吊'！你什么不好学，居然学这个！一点出息都没有！"

小燕子往乾隆面前一跪，说：

"我本来就是'没教养的小女子'，改也改不好！皇后想尽办法要杀了我，我帮她处理了，让您少费心！"

"你跟皇后又怎么了？她打了你两个宫女，又没打你，你也要气成这样？"

这一下，小燕子不是做戏了，真情流露，痛喊出声：

"皇阿玛！宫女也是人，宫女也有爹有娘，爹会疼，娘会爱呀！她的娘虽然死了，她还有爹……她的亲爹如果知道她被人打成这样，一定会心痛死的！"

说着，爬起身子，把紫薇拉到乾隆面前来："紫薇，抬起头来，让皇阿玛看看你的脸！"

紫薇万万料不到小燕子会这样把她拉到乾隆面前，跪在那儿，又是激动，又是伤心，再加上脸上有伤，心里更是难过，觉得不能给乾隆一个最完美的印象，所以，抬着头，两行热泪，就沿颊滚落。

尔康、尔泰、永琪都没有料到小燕子这一招，三人十分震动与期待地观望着。

金琐更是激动，目不转睛地看着这父女的相会。

紫薇磕下头去，声音颤抖着：

"奴婢紫薇叩见皇上！"再抬头痴痴看着乾隆。

乾隆见紫薇眼中，盛满千言万语，两颊肿胀，热泪双行，说不出来地楚楚动人，不禁一怔，没来由地被深深撼动了。

"你是紫……紫什么？"乾隆怔怔地问。

"奴婢名叫紫薇，奴婢出生在紫薇花盛开的季节，所以取名叫紫薇。"

"嗯，好名字！挺容易记的。"低头看看紫薇的脸，"让她们给你擦点药！"

乾隆这样一点点关心，已经让紫薇感动得一塌糊涂，哽咽说：

"有皇上这样一句话，不用上药了！奴……奴婢谢皇上恩典！"

乾隆心中一热，有股奇异的悸动，就柔声说：

"宫里规矩多，受点委屈，也是难免。皇后的脾气不好，打你们两下，只好认了！平常，要劝着格格，不要在火上浇油，知道吗？"

紫薇柔顺地答道：

"奴……奴婢知道。皇后教训奴婢，也是奴婢的福气，不敢抱怨，不敢委屈。格格厚爱奴婢，才引起这样一场大乱，奴婢知罪了！以后，一定劝着格格，不再和皇后娘娘冲突！"

乾隆忍不住仔细看紫薇：

"嗯！脑筋清楚，是个懂事的……怪不得格格宠你！"便振作了一下，说，"你们都起来吧！"

小燕子看了紫薇一眼，起身。

紫薇再磕了三个头，也起身。

乾隆就正视着小燕子，说：

"好了！事情过去了，你不许再胡闹了！以后，皇后找你麻烦，你也机灵一点，不要硬碰硬，嘴巴甜一点，态度好一点，能够'化戾气为祥和'，不是皆大欢喜吗？你是聪明孩子，怎么不懂呢？"

小燕子一听，大惊失色，抗议地大声说：

"皇阿玛！你不要太狠心！那个'力气'怎么能化成'糨糊'呢？我每次见到皇后娘娘，就要倒霉，不是这儿伤，就是那儿痛，再把'力气'化成'糨糊'，我就升天了！"

尔康、尔泰、永琪你看我，我看你，拼命憋着笑，快要憋死了。

紫薇脸上泪痕未干，眼中已闪着笑意。

乾隆怔了怔，又好气又好笑，抬眼去看永琪：

"永琪，你跟小燕子常在一起，朕要问问你，她是不是每次说话都这样颠三倒四？朕说东，她说西，朕说上天，她说下地，但是接嘴接得个快，也不知道她是真的还是假的？她跟你们在一起的时候，也是这样吗？"

"回皇阿玛，我们跟小燕子说话的时候，会迁就她的语言！"永琪忍笑回答。

"原来如此！"乾隆笑笑，点点头，看看小燕子，忽然回头，对三人瞪圆了眼睛，"那么，是谁教她说'士可杀不可辱'这句话的？这不是她的语言吧！"

三人一呆，面面相觑。没想到演了半天戏，栽在一句台词上！

"还不快说实话！"乾隆喊。

尔康一叹，上前说：

"皇上圣明！什么都瞒不过皇上。"

乾隆对几个人看来看去，明白了：

"好！你们气走了皇后，跟她的人动手，还恶人先告状，把朕引到这儿来看小燕子演戏，是不是？"

永琪对乾隆心服口服，坦白地说了：

"皇阿玛别生气，如果我们不告状，皇额娘一定先告状，而且会说得很难听，我们走投无路，别无选择！"

"皇上！这都是臣出的主意，请不要怪罪五阿哥！"尔康急忙请罪。

"皇上英明！这都是我的主意，跟五阿哥和尔康没有关系！"尔泰抢着说。

小燕子挺身而出：

"皇阿玛！不是的！他们都是要保护我，所有坏点子，当然是我出的！一人做事一人当！我才不要他们帮我担罪名！"

乾隆呆了呆，看着大家，瞪大眼睛，骂着说：

"你们串通一气，联手做戏！这样大胆！这样放肆！连朕都敢骗！不怕朕摘了你们的脑袋吗？但是……哈哈！"再想想，忍不住大笑了，"你们演得这么逼真，这么卖力，大概也是情迫无奈吧！看在两个宫女受伤的分上，朕只好'化力气为糨糊'，就饶了你们这一次！但是，下不为例！"

小燕子扑通跪落地，高喊：

"皇阿玛万岁万万岁！"

一屋子的人便全体跪落地，齐声喊：

"皇上万岁万万岁！"

乾隆被大家喊得心里热烘烘，可是，觉得小燕子实在太过分了，就对小燕子严厉地说：

"你不要以为对朕喊句万岁万万岁，朕就会不罚你！你这样又上吊又发疯地乱闹，让大家陪着你撒谎，简直无法无天！朕看你的学问一点进步也没有，坏点子倒有一大堆！书房也白去了！朕罚你把《礼运大同篇》写一百遍！三天之内，交给朕看！而且要把它讲解出来给朕听！如果你做不到，朕会再打你二十大板！君无戏言！"

小燕子脸色惨变：

"皇阿玛！您不是说饶了我们吗？"

"别人能饶，你不能饶！你'化力气为糨糊'，绝不能饶！"

"但是……但是，这个'搬运大桶什么篇'是什么东西？"

"三天之后，你告诉朕，那是什么东西！"

小燕子呆了。

紫薇看着这个明察秋毫又恩威并用的乾隆，不禁又是佩服，又是景仰，又是崇拜，又是依恋……各种复杂的情绪，把她那颗充满孺慕之情的心，涨得满满的了。

第十六章

接下来的三天，小燕子、紫薇、尔康、尔泰、永琪全部都在赶工，抄写《礼运大同篇》。乾隆的"一百遍"，把大家忙坏了。连金琐、明月、彩霞这些会写字的丫头，都被抓来帮忙。深更半夜，漱芳斋灯火通明，人人在写"礼运大同篇"。

可是，这些丫头写得实在太糟了。紫薇检查大家的成绩，真是不忍卒睹。

"明月，你不用写了！"紫薇叹口气。

"阿弥陀佛！"明月喊。

"彩霞，你也不用写了！"紫薇又说。

"谢天谢地！"彩霞喊。

"金琐，我看，你也算了！不用写了！"

"我去给你们做消夜！包饺子去！"金琐如获大赦，

逃之夭夭了。

小燕子立刻停笔，满脸期待地看着紫薇说：

"你看我写的这个，大概也过不了关。我觉得，我也不用写了！"

紫薇拿起小燕子那张"鬼画符"，认真地看了看。

"不行！随便你写得多烂，你得写下去！皇上只要看了我们的字，就知道你有帮手！他会问你，哪一张是你写的！你非多写一点不可，你的'真迹'越多，过关的希望就越大！赶快振作一点！写！写！写！"

"啊？非写不可啊？"小燕子脸拉得比马还长。

"非写不可！"

"这个'鱼家瓢虫'怎么那么多笔画？"

"什么'鱼家瓢虫'？"紫薇听得一头雾水，伸头一看，不禁叫了起来，"那是'鳏寡孤独'！我的天啊！"

"你别叫天了！这些字，我认得的没几个！是谁那么无聊，写这些莫名其妙的话，让人伤脑筋，做苦工！写这个一百遍，能当饭吃吗？能长肉吗？能治病吗？真是奇怪！"小燕子说着说着，一不小心，一大团墨点掉在纸上，"哎呀！这怎么办？"

紫薇看看，把那张拿过来，撕了。

"喂喂！我写了好半天的！"小燕子急抢。

"弄脏了，就只有重写。"再拿起小燕子写的另一张，看看，又撕了。

"你怎么把我写的都撕了呢？我一直写，你一直撕，我写到明年，也写不了一百张！"小燕子大急。

"那张实在写得太难看，皇上看了一定会生气，只有重写！"说着，又看一张。

"你别撕！你别撕……"小燕子紧张兮兮地喊。

话没说完，紫薇又撕掉了。

小燕子大为生气，嚷着：

"你怎么回事嘛？你的字漂亮，我的字就是丑嘛！你拼命撕，我还是丑丑丑！"

"你丑丑丑，你就得写写写！你快一点吧，再不写，就来不及了！"

小燕子一气，伸脚对桌子踢去，嘴里大骂：

"什么玩意嘛！哎哟！"没料到，踢到桌脚，踢翻了趾甲盖，痛得跳了起来。

"你怎么啦？"

小燕子苦着脸，抱着脚，满屋子跳。

小燕子交卷的时候，脚还是一跛一跛的。

"皇阿玛！我来交卷了！"

乾隆抬头，惊愕地看着小燕子：

"你的脚怎么啦？"

"我好惨啊！"小燕子哀声地说，"早知道，给您打二十大板算了！毕竟，二十大板噼里啪啦一下子就打完了，只有一个地方会痛！这个字，我写了三天三夜，写得手痛头痛眼睛痛背痛，最糟糕的还是脚痛，痛得不得了！痛成这样子，还是写得乱七八糟，我管保，您看了还是会生气！"

"你写字，怎么会写到脚痛的呢？"乾隆惊讶极了。

"因为一直写不好，紫薇说。这张也不能通过，那张也不能通过，拼命叫我重写，我一生气，用力踹了桌子一下，没想到，桌子那么硬！把脚指甲都踹翻了！"

乾隆瞪着小燕子，见小燕子说得凄凄凉凉、诚诚恳恳，真是啼笑皆非。

"拿来！给朕看看！"乾隆伸手。

小燕子便做贼心虚地，胆怯地把作业呈上。

乾隆一张张地翻看着。只见那一张一张"礼运大同篇"，有各种各样的字体。有的娟秀，有的挺拔，有的潇洒，有的工整……只是，最多的是"力透纸背，墨汁淋漓，忽大忽小，不知所云"的那种。

乾隆心里有数，越看，脸色越沉重。

小燕子看着乾隆的表情，就知道不妙，一副准备被宰割的样子。

"你有多少人帮忙？老实告诉朕！"乾隆头也不抬地问。

"能帮忙的，都帮忙了！可以说是'全体总动员'了！尔康、尔泰、永琪都有。连明月、彩霞、金琐都被抓来帮忙。可是，她们写得实在太烂，紫薇说不能用！"

小燕子倒答得坦白。

"哪些是你写的?"

"不像字的那些,就是我写的!像字的,漂亮的,干净的……都不是我写的!"

乾隆抬眼盯着小燕子:

"你倒爽快!答得坦白!"

"皇阿玛那么聪明,我遮掩也没用!紫薇说,只要皇阿玛一看,就知道我有帮手,逃都逃不掉,叫我不要撒谎!"

"哦?你不只有帮手,原来你还有军师!"乾隆看到一沓作业中,屡屡出现一种特别娟秀的字迹,不禁注意起来,抽出那张,问,"这是谁写的?"

"紫薇!"

乾隆一愣,仔细地看看那张字,沉吟:

"就是那天被打的紫薇?"

"是!"

乾隆有点诧异,但,随即搁下,抬头严肃地看小燕子,声音蓦地抬高了:

"为什么找人代写?朕说过你可以找人帮忙吗?"

"可是……可是……您也没说不可以啊!您要我写这个一百遍,我觉得还不如打二十大板来得干脆!"小燕子鼓足勇气说。

"好!现在你告诉朕,你写了这么多遍,它到底在说什么?"

小燕子深呼吸了一下,在肚子里默念了几遍,正色说:"这《礼运大同篇》,是孔子对这个社会的一种理想境界,它的意思是说,天下是大家的,只要选出好的官员,大家和和气气,每个人能把别人的父母当成自己的父母,别人的儿女当成自己的儿女,让老人啦、孩子啦、孤儿寡妇都有人照顾!不要贪财,不要自私,那么,我们睡觉的时候可以不要关门,阴谋诡计都没有了,土匪强盗也都没有了!这个世界就完美了!"一口气说完,吸口气,看着乾隆。

乾隆简直不相信自己的耳朵,瞪大眼睛看着小燕子,惊奇不已:

"是谁教你的?纪师傅吗?"

"是紫薇啦!"小燕子笑了,"她说,讲得太复杂,我也记不清楚,这样就可以了!"

乾隆惊愕,这已是小燕子第五次提到"紫薇"的名字,他不能不注意了:

"这个紫薇,她念过书啊?"

"当然啊!念书,作诗,写字,画画,弹琴,唱歌,下棋……她什么都会,就是不会武功!"小燕子两眼发光,真心真意地、崇拜地说。

乾隆听到有这样的女子,感到非常好奇。可是,小燕子的话,不能深信。他想了想,对小燕子瞪瞪眼睛。

"好了！算你运气！字虽然写得乱七八糟，讲解得还不错，朕就饶了你！以后，你再胡闹，朕还会罚你写字！下次罚的时候，不许有人帮忙，全部要你自己来！"

小燕子呆了呆，叹了一口长气：

"这下我完了！希望孔老先生不要再折腾我，少说点话，少写点文章，使小燕子手也不痛，头也不痛，眼耳口鼻都不痛，是谓大同！"

"你在叽里咕噜，念什么经？"

"回皇阿玛！没有念经，只因为写了太多遍《礼运大同篇》，说话都有一点'礼运大同式'！夜里睡觉，梦里都是'天理这公''是谓大同'！"

乾隆失笑了，觉得终于找到治小燕子的办法了，心里不禁十分得意。

乾隆真正注意紫薇，还是因为皇后的缘故，皇后对于漱芳斋，似乎兴趣大得很。对于管教小燕子，似乎兴趣更是大得很。在乾隆面前，说东说西，每次都带着火气。

"皇上！这个小燕子，如果您再不管教，一定会出大事的！"

"你跟小燕子的冲突，真是永不结束啊！这宫里嫔妃那么多，每个都称赞小燕子，为什么你一定要跟她作对呢？"乾隆皱眉。

"我不是和她作对，而是必须让后宫干干净净！"

"干干净净？这是什么意思？"

"皇上！您难道没有听到，宫女们，嫔妃们，都在窃窃私语吗？"

"私语什么？"乾隆困惑。

"大家都说，小燕子和五阿哥之间，有些暧昧！"

乾隆一震，这句话听进去了，眼神立刻注意起来。

"怎么会有这种不堪入耳的话传出来？是谁在造谣言？"

皇后深深凝视乾隆：

"恐怕不是谣言吧！臣妾那天，目睹五阿哥、尔康、尔泰都在漱芳斋，一屋子男男女女，毫不避嫌！听说，那漱芳斋夜夜笙歌，常常主子奴才醉成一片！"

"有这等事？"乾隆心中，浮起了阴影。

"臣妾绝对不敢造谣！想这后宫，本来就是臣妾的责任！如果出了什么不名誉的事，会让整个皇室蒙羞！皇上不能不察！"

"朕知道了！"乾隆不耐地说。

皇后还想说什么，乾隆一拦：

"朕知道你为了后宫的清誉，非常操劳！朕劝你也休息休息，不要太累了！有些事，只要不伤大雅，让它去吧！像是前几天，你在漱芳斋，教训了两个奴才！其实，奴才犯错，要打要骂，都没什么关系，可是，那两个丫头，偏偏是令妃赏赐给小燕子的！你这样一打，岂不是又挑明了和令妃不对吗？"

皇后一听，才知道小燕子已经先告了状。而乾隆却一面倒地偏向小燕子，不禁怒不可遏：

"原来皇上都知道了！那么，皇上也知道尔康、尔泰和五阿哥动手的事了！"

"不错，朕都知道了！朕已经告诫过永琪和福家兄弟，也惩罚过小燕子了！这件事，就到此为止！朕想，小燕子心无城府，虽然行为有些离谱，心地却光明磊落！后宫那些三姑六婆，一天到晚无所事事，就喜欢搬弄是非！你听在耳里，放在心里，也不必太认真了！"

皇后气坏了，张口结舌。

乾隆看看她，想想，又说：

"朕也知道，尔康、尔泰和永琪，情同手足，这是永琪的福气！他们和小燕子感情好，又是小燕子的福气！朕不愿用很多教条、很多无中生有的罪名，把这种福气给打断了！小燕子的操守，朕信得过！永琪，朕也信得过！至于尔康、尔泰，更是百里挑一的人才！

"小燕子真和他们走得近，朕便把她指给他们兄弟之一！不过，朕还想多留小燕子两年，所以，走着瞧吧！"

皇后忍无可忍地抬高了声音："皇上！您如此偏袒，只怕后宫之中，会被他们弄得乌烟瘴气！来日大祸，恐怕就逃不掉了！"

乾隆大怒，一拍桌子：

"放肆！你会不会讲一点好听的！"

"自古忠言逆耳！这个小燕子来历不明、粗俗不堪！没有一个地方像皇上，明明是个假'格格'，整个故事，大概都有高人在幕后捏造导演！皇上，您如此英明，怎么偏偏对这件事，执迷不悟呢？"皇后越说，声音越大。

乾隆怒极，脸色铁青，重重地一甩袖子，喝道：

"住口！朕不要再听你的'忠言'了！'幕后高人'，你是指谁？令妃吗？你心胸狭窄，含血喷人，还跟朕说什么'忠言逆耳'！你身为皇后，既不能容忍其他妃嫔，又不能容忍小燕子，连五阿哥和尔康、尔泰，你也怀着猜忌！什么叫高贵典雅、与世无争，你都不知道吗？你太让朕失望了！"

皇后被骂得跟跄一退，抬头看着乾隆，又气又委屈又感到侮辱，脸色惨白，知道再说什么，乾隆都听不进去，只得跪安，匆匆离去了。

乾隆用几句话，堵了皇后的口，可是，自己心里，却不能不疑惑。尤其那句：

"听说，那漱芳斋夜夜笙歌，常常主子奴才，醉成一片！"

所以，这晚，夜色已深。乾隆批完了奏章，想了想，回头喊：

"小路子，你给朕打个灯笼，不要惊动任何人，朕要去漱芳斋走走！"

"喳！要多叫几个人跟着吗？要传令妃娘娘吗？"

"不用！就这样去！到了漱芳斋，也别通报，知道吗？"

"喳！"

夜静更深，万籁俱寂。漱芳斋的大厅里，几盏灯火，透着幽柔光线，一炉熏香，飘飘袅袅，氤氤氲氲的缭绕着一室檀香味。紫薇正在抚琴而歌。歌声缠缠绵绵，凄凄凉凉，穿过夜空，轻轻地荡漾在夜色里。

乾隆只带着一个人，悄悄来到漱芳斋。

果然，隐隐有歌声传出。

乾隆神色一凛，眉头微皱。

漱芳斋的大厅里，紫薇浑然不觉，正唱得出神，金琐在一边侍候着，小燕子在打瞌睡。其他的太监宫女，都早已睡了。

金琐推推小燕子，低声说："大家都睡了，你也去睡觉吧！我陪着她！"

"我不困！我喜欢听她唱！"小燕子朦朦胧胧地说。

紫薇唱得哀怨苍凉：

山也迢迢，水也迢迢，山水迢迢路遥遥。

盼过昨宵，又盼今朝，盼来盼去魂也消！

梦也渺渺，人也渺渺，天若有情天也老！

歌不成歌，调不成调，风雨潇潇愁多少？

漱芳斋外，乾隆被这样凄婉的歌声深深地吸引了，不禁伫立静听。

紫薇唱得专注，乾隆听得专注。紫薇唱得神往，乾隆听得神往。紫薇唱得凄凉，乾隆听得凄凉。紫薇唱得缠绵，乾隆听得震动。

紫薇唱完，心事重重，幽幽一叹。

窗外，也传来一叹。

小燕子睡意全消，像箭一般快，跳起身子，直射门外，嘴里大嚷着：

"你是人是鬼？给我滚出来！半夜三更，在我窗子外面叹什么气？上次没抓到你，这次再也不会放过你了！滚出来！"

小燕子"砰"的一声，撞在乾隆身上。

乾隆一伸手，就抓着小燕子的衣领。小燕子暗暗吃惊，没料到对方功夫这么好，自己连施展的余地都没有。她看也没看，就大骂：

"你是哪条道上的？报上名来！敢惹你姑奶奶，你不要命了……"

乾隆冷冷地开了口：

"朕的名字，需要报吗？"

小燕子大惊，抬眼一看，吓得魂飞魄散。

"朕是哪条道上的，你看清楚了吗？"乾隆再问。

小燕子扑通一跪，大喊：

"皇阿玛！这半夜三更，您老人家怎么来了？"

紫薇的琴，戛然而止，抬眼看金琐，不知道是该惊该喜。

片刻以后，乾隆已经坐在一张舒适的椅子里。三个姑娘，忙得不得了，拿靠垫的拿靠垫，端点心的端点心，泡茶的泡茶。乾隆四看，室内安安静静，温温馨馨。几盏纱灯，三个美人，一炉檀香，一张古琴。

这种气氛，这种韵味，乾隆觉得有些醉了。

小燕子跟在乾隆身边，忙东忙西，兴奋得不得了：

"皇阿玛，你怎么一声也不吭，也不让小路子通报一声，就这样站在窗子外面，吓了我一大跳！"

乾隆笑笑，问：

"小邓子他们呢？"

"夜深了，大家都困了，我叫他们都去睡觉了！"小燕子说，"要让他们来侍候吗？"

"不必了！"

紫薇和金琐在忙着泡茶。

乾隆看看桌上的琴，再凝视忙忙碌碌的紫薇：

"刚刚是你在弹琴唱歌吗？"

紫薇一面泡茶，一面回头恭敬地答道：

"是奴婢！"

"好琴艺，好歌喉！"乾隆真心地称赞，再仔细看紫薇。好一个标致的女子！唇不点而红，眉不画而翠，眼如秋水，目若晨星。

紫薇捧了一杯茶，奉上。

"这是西湖的碧螺春，听说皇上南巡时，最爱喝碧螺春，奴婢见漱芳斋有这种茶叶，就给皇上留下了！您试试看，奴婢已经细细地挑选过了，只留了叶心的一片，是最嫩的！"

乾隆意外，深深看紫薇，接过茶，见碧绿清香，心中喜悦，啜了一口。

"好茶！"他盯着紫薇，"刚刚那首歌，你愿意再唱一遍给朕听吗？"

"遵旨！"

紫薇屈了屈膝，就走到桌前，缓缓坐下，拨了拨弦，就扣弦而歌。

乾隆专注地听着，专注地凝视紫薇，这样的歌声，这样的人！依稀仿佛，以前曾经有过相似的画面，这个情景，是多么熟悉、多么亲切啊！

紫薇唱完，对乾隆行礼：

"奴婢献丑了！"

乾隆目不转睛地看紫薇，柔声地问：

"谁教你的琴？谁教你的歌？"

"是我娘……"紫薇警觉到用字不妥，更正道：

"是奴婢的娘，教奴婢的！"

乾隆叹口气：

"怪不得小燕子总是'我'来'我'去，这个'奴婢'这样、'奴婢'那样，确实别扭，现在没外人，问你什么，直接回答吧，不用拘礼了！"

"是！皇上！"

"你娘现在在哪儿？怎么会把你送进宫来当差呢？"

"回皇上，我娘已经去世了！"紫薇黯然地说。

"哦！那歌词，是谁写的？"

"是我娘写的！"

"你娘，是个能诗能文的女子啊！只是，这歌词也太苍凉了！"乾隆感慨地说。

紫薇见乾隆对自己轻言细语，殷殷垂询，心里已经被幸福涨满了。此时，情不自禁，就暗暗地吸了口气，鼓起勇气说：

"我娘，是因为思念我爹，为我爹而写的！"

"哦？你爹怎么了？"乾隆怔了怔。

小燕子在旁边，听得心都跳了。她的爹啊……见了她都不认识啊！

金琐站在一边，眼眶都湿了。她的爹啊……近在眼前啊！

"我爹……"紫薇看小燕子，看金琐，看乾隆。

眼中涌上了泪雾，努力维持声音的平静，依然带着颤音："我爹，在很久很久以前，为了前程，就离开了我娘，一去没消息了！"

乾隆怔忡不已，看着紫薇，不禁怜惜：

"原来，你也是个身世堪怜的孩子！你爹有你娘这样盼着，也是一种福气！后来呢？他回去没有？"

紫薇低声说：

"没有。我娘一直到去世，都没有等到我爹！"

乾隆扼腕长叹：

"可惜啊可惜！所以，古人有诗说，'忽见陌头杨柳色，悔教夫婿觅封侯'！年少夫妻，最禁不起离别！当初，如果不轻言离别，就没有一生的等待了！"

紫薇看着乾隆，情绪复杂，思潮起伏：

"皇上分析得极是！不过，在当时，离别也是一件无可奈何的事，毕竟，谁都没有料到，一别就是一生啊！不过，我娘临终，对我说过几句话，让我印象深刻……"说着，有些犹豫起来，"皇上大概没有兴趣听这个！"

"不！朕很有兴趣！说吧！"

紫薇凝视乾隆，几乎是一字一泪了：

"我娘说，等了一辈子，恨了一辈子，想了一辈子，怨了一辈子……可是，仍然感激上苍，让她有这个'可等，可恨，可想，可怨'的人！否则，生命会像一口枯井，了无生趣！"

乾隆感动了。对这样的女人，心向往之。

"多么深刻的感情，才能说出这样一番话！你娘这种无悔的深情，连朕都深深感动了！你爹，辜负了一个好女子！"

小燕子眼珠一直骨碌碌地转着，时而看乾隆，时而看紫薇，此时，再也按捺不住，激动地喊了出来：

"皇阿玛！你认为这样的女人是不是太傻了？值得同情吗？我听了就生气，等了一辈子，还感谢上苍，那么，受苦就是活该！女人也太可怜、太没出息了，一天到晚就是等等等！对自己的幸福，都不会争取！"乾隆对小燕子深深地看了一眼：

"朕明白。你也想到你的娘了，是不是？你和紫薇，虽然现在境况不同，当初的遭遇，倒是蛮像的！"

小燕子一呆，紫薇也一呆。两个人都震动着。

乾隆深思地看看窗外，有些怆恻起来：

"身为男子，也有身不由己的地方！男人通常志在四方，心怀远大，受不了拘束。所以，留情容易，守情难！动心容易，痴心难！在江山与美人的选择中，永远有矛盾。男人的心太大，要的东西太多，往往会在最后一刻，放弃了身边的幸福。这个，你们就不懂了！朕说得太远了！"调回眼光，愧疚地看小燕子，怜惜地看紫薇，"好久以来，朕没有跟人这样'谈话'了！能和你们两个，谈到一些内心的问题，实在不容易！"注视紫薇，"紫薇，你这样的才气，当个宫女，未免太委屈你了！"

小燕子冲口而出：

"皇阿玛！你也收她当个'义女'吧！"

乾隆瞪了小燕子一眼：

"你以为收个义女是很简单的事，是不是？说话总是不经过大脑！"

紫薇吓了一跳，生怕小燕子操之过急，破坏了这种难能可贵的温馨，急忙说：

"格格有口无心，皇上千万千万别误会！紫薇能在格格身边，做个宫女，于愿已足！"

小燕子不服气地喊：

"孔子不是说'人不独亲其亲，不独子其子'吗？皇阿玛，你把全天下和我一样遭遇的姑娘，都收进宫来做格格好了！"

乾隆看着小燕子，又惊又喜：

"你居然说得出'人不独亲其亲，不独子其子'这种话！"

"我写了一百遍呀！"

"可见，这个有用，以后再写点别的！"

"皇阿玛，请饶命！"小燕子大叫。

乾隆笑了，紫薇笑了，金琐笑了，室内的气氛好极了……

紫薇看着乾隆，心里涨满了孺慕之情，对乾隆微笑说：

"皇上！您一定饿了吧！我让金琐去厨房给您煮点小米粥来，好不好？想吃什么，您尽管说！金琐还能做点小菜!"

"是吗?"乾隆摸了摸自己的胃,"你不说,朕不觉得,你一说,朕才觉得真有点饿了。"

小燕子急忙说:

"皇阿玛不说,我也不觉得,皇阿玛一说,我也饿了!"

金琐笑着请安:

"我这就去做吃的!"

金琐便兴奋地,匆匆忙忙地奔去了。

于是,乾隆在漱芳斋吃了消夜。

乾隆吃饱,精神又来了,自己也不明白,为什么那么亢奋,看着紫薇说:

"我听小燕子说,你琴棋书画,无一不通。"

"格格就是这样……皇上您知道她的,她就会夸张!"紫薇脸红了。

"我夸张?皇阿玛。你已经看过她的字,听过她的琴……""朕还没试过她会不会下棋!"

此时,小路子哈腰进门,甩袖一跪,提醒说:

"万岁爷,已经打过三更了!"

乾隆一瞪眼:

"三更又怎的,别拦了朕的兴致!你去外面等着!"

"喳!"

结果,乾隆和紫薇一连下了四盘棋。

第一盘，乾隆赢了，可是，只赢了半颗子。乾隆的棋力是相当好的，他简直有些不信。第二盘，乾隆又赢了，赢了一子半。第三盘，乾隆再度赢了，赢了一子。

乾隆兴趣盎然，瞪着不疾不徐的紫薇：

"这样下棋，你不是很累吗？"

"跟皇上下棋，一点都不累！"紫薇慌忙应道。

"怎么不累，你又要下棋，又要用心思，想尽办法让朕赢！你这样一心两用，怎么不累？可是……朕觉得很奇怪，你故意输棋，朕不奇怪，朕奇怪的是，你用什么方法，输得不着痕迹，而且就输那么一子半子的？"

紫薇的脸孔，蓦然绯红，佩服无比地喊：

"皇上！我哪有故意输棋，是您的棋下得好，您有意试我的高低，故意下得忽好忽坏、声东击西，弄得我手忙脚乱、应接不暇，哪里还能顾得到输几子！我拼命想，别输得太难看就好了！"

乾隆大笑了：

"哈哈！看来，我们都没有全心在下棋！现在！朕命令你，好好地使出全力，跟朕下一盘！不许故意输给朕，听到没有？"

"听到了！"

两人又开始下棋。这样一下，就下到天亮。最后一盘，两人缠斗不休，乾隆数度陷入思考。等到一盘下完，已经是早朝的时候了。数完子，乾隆输了，也只输了一颗子。乾隆大笑，推开棋子，站起身来：

"你赢了！好好好！朕终于碰到一个敢赢朕的人！"注视紫薇，心服口服，"你这个围棋，也是你娘教你的吗？"

"我娘会一点，我有一个教我念书的顾师傅，教了我几年！我娘把我像儿子一样栽培！"

乾隆兴致高昂：

"这棋逢敌手，酒遇知音，都是人生乐事！紫薇，朕改天再来和你下！"

这时，小邓子、小卓子、明月、彩霞进门，一见到乾隆，全体跪落地，惊喊：

"皇上吉祥！"

乾隆见到四人，这才一惊：

"什么时辰了？"

"已经卯时了！"

紫薇惊呼：

"皇上！别误了早朝！"便回头喊，"金琐，打水来！小邓子、小卓子，快去皇上寝宫拿朝服来！明月、彩霞，拿水来漱口！"

立刻，房里人人忙乱。

小邓子奔到门口，和令妃娘娘撞了个满怀。一屋子人，纷纷行礼，喊："令妃娘娘吉祥！"

令妃进门，看到乾隆，呼出一大口气：

"皇上！可把臣妾吓坏了，到漱芳斋来，怎么也不说一声，奴才们快把整个皇宫都翻过来了！"

"是朕的疏忽，和紫薇下棋下得忘了时间，怎么一晃眼，就到这个时辰了？朕的朝服……"

"臣妾带来了！"善解人意的令妃，急急把朝服捧上。

紫薇绞了帕子，给乾隆擦脸，又倒了水来，给乾隆漱口。看到朝服，就本能地接过，令妃早就一步上前，两人帮皇上更衣。

一阵忙忙乱乱，乾隆总算弄整齐了，出门去。令妃率众跟随。

紫薇、小燕子、金琐追到门口，屈膝喊道：

"皇阿玛好走！"

"奴婢恭送皇上！"

乾隆走了几步，又情不自禁地回头，再深深地看了紫薇一眼，这才带着众人，浩浩荡荡地去了。

第十七章

紫薇和乾隆，居然有这么好的开始，大家都高兴得不得了，小燕子真是兴奋极了，每天都高兴得手舞足蹈。这天，她要带紫薇去"景阳宫"看五阿哥。和紫薇研究了半天，决定"正大光明"地去。

于是，小燕子穿着一身红色的格格装，紫薇穿着一身绿色的宫女装，两人都装扮得十分美丽，昂头挺胸地走在前面。后面紧跟着金琐、明月、彩霞、小邓子、小卓子，一行人非常惹眼，浩浩荡荡地往景阳宫走去。她们一路走，身前身后，一直有太监伸头伸脑地窥探着，紫薇拉拉小燕子的衣服，小燕子就发现了，仔细再一看，容嬷嬷居然站在假山后面，全神贯注地看着她们。

小燕子就不动声色，大声地说：

"紫薇，我现在带你去五阿哥那儿走走，五阿哥在兄弟姐妹里，跟我最谈得来！奇怪的是，我每次去看五阿哥，总有一些莫名其妙的人，在我后面伸脑袋。你瞧，那儿就有一个！"

小燕子一面说着，就突然飞蹿到一根柱子后面，捉出一个太监，摞倒在地，对那小太监大吼一声：

"谁要你来跟踪我的？说！"

小太监吓得魂飞魄散，跪在地上大拜特拜：

"格格饶命！没有人要奴才跟踪您，是奴才正穿过花园，要去坤宁宫办事……"

小燕子一脚就踩在太监的胸口：

"你说不说？说不说？"

紫薇拉拉小燕子的衣袖，慢条斯理地说：

"格格不要生气！上次你把那个侍卫踩到吐血，你忘了你脚力大，别闹出人命来！"

"那我可管不着！他不说，我就踩死他！"小燕子说着，用力一踩。

小太监吓得浑身发抖，尖叫起来：

"格格！高抬贵脚呀！冤枉啊！高抬贵脚啊！"

"我这个'贵脚'抬不起来了！你再不说，我要把你的五脏都踩出来！"

小燕子再一用力，小太监尖叫出声了：

"是容嬷嬷！容嬷嬷！"就对着容嬷嬷的藏身处大喊，"容嬷嬷救命啊！"

容嬷嬷一见情况不对闪身要溜，谁知，一个人影一闪，已经拦住了她。容嬷嬷定睛一看，原来是永琪。

"容嬷嬷！站住！"永琪大喝一声。

容嬷嬷吓了一跳，只得站住。永琪就厉声说：

"这宫中规矩，你是知道还是不知道？"

容嬷嬷维持着骄傲，说：

"奴婢不知道五阿哥是什么意思？"

永琪气势凌人地一吼：

"什么意思？这'格格'大，还是你大？"

"当然'格格'大！"

小燕子可逮着机会了，大喊：

"放肆！说话居然不用'奴婢'，反了！金琐！给我教训她！"

"啊？格格……"金琐愣住了。

"金琐，你不知道怎么教训，是吗？就是上去给她几巴掌，就像她上次给你的！"小燕子喊着，气势汹汹。

金琐眨巴着眼睛，讷讷地说：

"格格……奴婢不会这个！"

小燕子没辙，又喊：

"明月！你去教训她！"

明月一惊：

"格格……奴婢不敢！"

小燕子跌脚大叹：

"真没出息！你们不敢教训她？那么，我亲自教训她！"

小燕子说着，已经飞身上前，"啪"的一声，就给了容嬷嬷一耳光。

容嬷嬷一直是皇后面前的红人，哪里受过这样的侮辱，又惊又怒。可是，面前的人，一个是格格，一个是阿哥，她只能忍气吞声，动也不敢动。

"这一耳光，是当初你打我，我没加利息，就这样打还给你！现在，紫薇和金琐的账，我再和你一起算！"小燕子嚷着，举起手来，还要继续开打。

斜刺里，赛威匆匆赶至，飞身而上，拦住了小燕子。

"格格请息怒！容嬷嬷是皇后娘娘身边的人，又是老嬷嬷，格格手下留情！"

小燕子见是赛威，就停住手，喊：

"赛威！你武功好、身手好，我把你看成一个好汉！为什么好汉不做好事，老是跟我作对？"

"奴才不敢！"赛威看着小燕子，诚恳地说，"奴才是奴才，上面有主子，主子是主子，主子有命，奴才从命！对主子不忠，就不是好汉了！"

小燕子呆了呆，听得头昏脑涨：

"什么主子奴才，我头都给你绕昏了，不过，好像你有你的道理……"就抬高声音，"那么，你不预备让开了！是不是？"赛威躬身行礼，说：

"请格格息怒！"

小燕子背脊一挺，怒喊：

"我今天一定要打容嬷嬷，如果你不肯让，你就得把我摁倒，你要忠于你的主子，你就动手吧！"说着，往前一迈步，气势凛然，赛威不得不往后一退。

永琪就义正词严地大声喊：

"赛威！你只要碰格格一下，你就是'以下犯上'，罪无可赦！你想想清楚！摸摸你脖子上有几颗脑袋？哪有奴才拦格格的路？你也反了吗？"

容嬷嬷到这个时候，才知道情况严重，眼见很多太监宫女都围过来，生怕当众吃亏，下不了台，便屈服急呼着：

"格格息怒，奴婢知罪了，奴婢不敢了！"

紫薇见容嬷嬷年迈，一脸的委屈惊恐，心中不忍，就走上前来，对小燕子说：

"格格！大人不计小人过，你就饶了容嬷嬷吧！就像这位勇士说的，容嬷嬷上面有主子，主子有命，奴才从命！生为奴婢，也有许多身不由己！容嬷嬷虽然是奴婢，在宫中多年，也算是长辈了！不是'人不独亲其亲'吗？您就得饶人处且饶人吧！"

小燕子对紫薇惊问：

"紫薇！你居然帮她说话？你忘了她怎么欺负你？怎么打得你脸都肿了？这正是报仇的时候，你不要报吗？"

"格格，我宁可不报！"

小燕子愣了一下，这样放过容嬷嬷，心有不甘，就说：

"那……还有金琐的账！"

金琐急忙往前一步，说：

"格格，我和紫薇一样！她不报，我也不用报了！"

小燕子跺脚：

"我这个漱芳斋全是一些没出息的人！只会同情别人，不会保护自己！"就抬头看永琪，"五阿哥，你怎么说？"

永琪就往容嬷嬷面前一站，正气凛然地说：

"容嬷嬷！今天，我和还珠格格就放你一马！我们饶你，不是因为赛威挡在前面，赛威功夫再好，不能和主子动手！你心里也明白这个道理！今天饶你，是因为你这把年纪，这个辈分，真要挨打，你的面子往哪儿搁？看在你四十年的工作上，我们放了你！你自己也想想清楚，和我作对，和格格作对，你值得吗？你够分量吗？我们尚且顾全你的面子，你呢？"

容嬷嬷脸色铁青，此时此刻，不得不低头，就忍辱地说：

"谢五阿哥不罚之恩！谢还珠格格不罚之恩！谨遵五阿哥和格格的教训，奴婢知错了！"她仍然维持着尊严，只屈了屈膝。

小燕子怒叫：

"跪下！"

容嬷嬷不得不双膝落地，脸色惨白。

小燕子就声色俱厉地喊：

"容嬷嬷！不要以为你不会落单，不会栽跟头！夜路走多了，总会遇到鬼！今天，五阿哥说放你，紫薇说放你，金琐说放你，我就放了你！我现在清清楚楚地告诉你，我要到五阿哥那儿去坐坐！你不用再跟踪我了！你回去告诉你的主子，我们漱芳斋所有的人，都在五阿哥那儿串门子，皇后娘娘没事做，也可以来参加！那些偷偷摸摸的事，你就给我免了吧！"

小燕子说完，掉头看紫薇：

"紫薇，我们走！"

小燕子就高昂着头，和永琪、紫薇向前走去。

金琐、明月、彩霞、小邓子、小卓子一群人跟随，个个都感到痛快极了，对容嬷嬷胜利地注视，大家昂首阔步，趾高气扬。

容嬷嬷像个被斗败了的公鸡，跪在那儿，灰头土脸，咬牙切齿。

教训了容嬷嬷，小燕子好得意，和紫薇走进永琪的书房，尔康、尔泰早已等在那儿了。小燕子一看到尔康兄弟，就兴奋地大嚷：

"我们刚刚碰到容嬷嬷，我和五阿哥把她狠狠地教训了一顿，总算出了半口气，报了半箭之仇！"

"什么叫半口气、半箭之仇？"尔泰问。

"本来，我可以狠狠地给她几耳光，在所有的太监宫女面前，打得她脸蛋开花，那才算是出了一口气、报了一箭之仇！都是紫薇拦着我，五阿哥又说什么她那把年纪，要给她留点面子，所以，我只好手下留情了！结果，只出了半口气！只报了半箭之仇！"

尔康吓了一跳，急得跺脚，说：

"为什么要逞一时之快？小不忍则乱大谋啊！"

"什么'快不快，小人大猫'的？"小燕子瞪圆眼睛。

永琪义愤填膺地说：

"没办法忍了，我赞成小燕子的做法，总要让容嬷嬷知道一下厉害！一个格格加一个阿哥，还收拾不了这个老刁奴，也太不像话了！"

尔康着急，看着紫薇，他已经好多日子没见到紫薇了。

"那么，你们这样一闹，待会儿皇后又会找来了，大家还有机会说话吗？"

小燕子就把紫薇推到尔康身前，急急地说：

"所以，你们有话快说！我们去门外帮你们两个守门，只要听到我们咳嗽什么的，你们两个就知道有人来了！"就回头喊，"五阿哥！尔泰！我们回避一下！"

紫薇脸一红，说：

"不要这样嘛，大家一起说话嘛……"

小燕子偏着脑袋看看紫薇，喊着：

"那你的'悄悄话'怎么告诉他？"

紫薇脸更红了：

"我哪有'悄悄话'嘛！"

小燕子就偏着脑袋看尔康：

"那……尔康的'悄悄话'怎么告诉你？"

"谁说……他有'悄悄话'嘛！"紫薇哼着。

小燕子看看紫薇，又看看尔康：

"都没有'悄悄话'？好奇怪！那我就不走喽，你们不要后悔啊！"

尔康只好笑着上前，对小燕子一揖到底。尔泰就笑着喊：

"小燕子，不要耽误他们两个的时间了！走走走！"

小燕子这才嘻嘻哈哈笑着，跟尔泰、永琪跑出门去了。

房里剩下了紫薇和尔康。

两人深深注视，尔康就激动地握住了紫薇的手：

"我都听说了！皇上跟你下了一夜的围棋？"

紫薇兴奋地点点头，眼睛发光。

尔康凝视紫薇，又惊又喜地说：

"你从来没有告诉过我，你会下围棋！你还有多少事情是我不知道的？你简直是深藏不露啊！"

紫薇谈到乾隆，就兴奋起来，好多话要告诉尔康：

"我现在终于知道，我娘为什么为他付出了一生，临终还要我来找他！他是个好有深度、好有气度、好有风度的人，我崇拜他！想到他是我爹，我就充满了幸福感！当他几次三番问到我娘的时候，我的声音都激动得发抖，如果不是为了小燕子，我真想把一切都告诉他！"

尔康眩惑地看着紫薇，分享着紫薇的喜悦，也有着无数的担心：

"我就知道，你的光芒遮也遮不住，藏也藏不住！不过，我没想到这么快，你就进入情况了！我真是一则以喜，一则以忧，喜的是你这么争气，忧的是这深宫之中，危机重重，生怕皇上对你的喜爱，会变成你的另一个危机！紫薇，你真的要小心啊！"

"我知道！你放心，我会拼命保护自己和小燕子的！"

尔康就热切地、渴望地、上上下下地看她，低声问：

"想我吗？"

紫薇头一低：

"不想！"

"有没有悄悄话要告诉我？"尔康再问。

紫薇头更低了，轻声说：

"有一句。""是什么？"

紫薇就在他耳边，吹气如兰，低低说：

"那句'不想'是假的！"

尔康一个激动，就把她拥入怀中。

紫薇依偎着他，两人片刻温存，毕竟有所顾忌，就轻轻分开了。紫薇想了想，说：

"有件事一直搁在心上，希望你帮我办一下！"

"什么事？"

"柳青和柳红那儿，我大概暂时没办法过去了！上次他们把我藏在小茅屋，给你们找到了，接着带进宫，连喘气的机会都没有，我对他们兄妹好抱歉，该给他们一个交代的！你可不可以去看看他们？那个大杂院里的人，你也要时时刻刻去照顾一下！"

尔康凝视紫薇，真的，那个柳青、柳红和大杂院里的老老小小，是个大大的隐忧，不能不解决了。他郑重地点头：

"是！我知道了！"

尔康第二天就去了大杂院，交给柳青一个钱袋，郑重地说：

"这是小燕子和紫薇托我交给你的！里面有五十两银子，她们暂时无法照顾大家，希望你和柳红，帮大伙儿搬一个地方住！"

柳青锐利地盯着尔康：

"你是说，要我把大杂院里二十几口人，都给疏散了？"

尔康也锐利地盯着柳青：

"不错！给老人找个可以安养的地方，给孩子们找个家，如果找不到，这些钱可以盖一个！但是，必须离开这个大杂院，而且，越早越好！走得越远越好！"

柳青抓起钱袋，往怀里一揣，简短地说：

"我们换一个地方说话！"

两人来到郊外，站在一个山岗上，四顾无人，柳青才正色地问：

"你是不是预备告诉我，小燕子和紫薇到底是怎么回事？"

尔康摇头：

"不，我不预备告诉你！你知道得越少，对你越好！我只能告诉你一件事，小燕子把紫薇也接进宫里去了，你们那个大杂院，出了两个进宫的姑娘，总有一天，会引起注意，为了大家的安全，我才对你做那样的要求！"

柳青镇静地一笑：

"那么，让我告诉你是怎么回事好了！假格格进了宫，真格格进了府！现在，你又把紫薇送进宫去，想让皇上再认一个！"

尔康大惊失色：

"谁跟你说了这些话？"

柳青一叹，直率地说：

"小燕子在大杂院住了五年，她的事，我哪一件不知道！至于紫薇，自从来到大杂院，心心念念的，就是要找她的爹！她和小燕子每天叽叽咕咕，总有一些蛛丝马迹露出来。等到小燕子和紫薇闯围场，小燕子变成了格格，紫薇居然疯狂到去追游行队伍，然后留在你们的府中，就不回来了！事情一直发展到今天，如果我还看不明白，我就是傻瓜了！"

尔康点点头，对柳青诚挚地说：

"紫薇说你是侠客，碰到困难就找你！小燕子想把你们兄妹弄进宫去当侍卫！她们如此器重你，我想，她们都没有看错你！"

柳青眼光闪了闪，心里就萌生出一份"士为知己者死"的知遇之感来。

"是吗？她们这么说？"

尔康凝视着柳青：

"是！你都分析出来了，我也不瞒你了，小燕子和紫薇，是一个阴错阳差的错误！紫薇才是真正的'还珠格格'。我们现在把紫薇送进宫，是抱着一线希望，希望真相大白，而不会伤害到小燕子！也让紫薇得回她的爹和她应有的身份！"

柳青沉思，许多疑团全部解开了，不禁惊叹：

"一直知道她不简单，原来竟是一个格格！"

"我希望，你会咬紧这个秘密！"

"你把我看成什么人？搬弄口舌的无聊汉吗？"柳青有些生气地说。

"当然不是！我一直欠你一份最深刻的感激！谢谢你

上次帮助紫薇！"

柳青一笑，掉头看尔康：

"你会保护她们两个的，是不是？"

尔康诚挚地回答：

"我会用我的生命来保护她们两个！"

柳青点头，和尔康交换着深沉的注视。

"好！那么，我去保护大杂院里的老老小小！你放心，十天之内，大杂院里的人就都不见了！没有人再会泄露任何秘密！如果她们需要我，你去上次紫薇住的小茅屋，告诉那儿的张老头，就可以找到我！记住，不是只有你，愿意为她们出生入死！"

尔康感动极了：

"紫薇说你是侠客，我认为你是英雄！"

柳青微微一笑，两个男人把所有未竟之言，都心照不宣了。

小燕子有了紫薇做伴，又打了容嬷嬷，真是"志得意满"，快乐得不得了。至于尔康担心的"小人大猫"，她一点都不放在心上。这天心血来潮，带着整个漱芳斋的女性，裁了一大堆的锦缎，在那儿缝制一种奇怪的东西。

紫薇一面缝，一面说："我觉得你做这个有点多余，真用得上吗？"

小燕子拼命点头，说：

"用得上！用得上！我告诉你，等到做好了，我们每个人膝盖上都绑一个！我已经想了好久了，才想到这个主意！这一天到晚下跪，总得把膝盖保护保护！我就不明白，皇阿玛那么聪明的一个人，干吗动不动要人跟他下跪？"

"你绑这么厚两个东西在膝盖上，走路会不会不灵活呢？"紫薇问。

金琐已经做好了一对，就对小燕子说：

"格格！你要不要先试一试看！"

"好！"

小燕子就兴冲冲地坐下，撩起裤管，金琐把"护膝"给她绑上，明月、彩霞都来帮忙。绑好了，金琐说：

"怎么样？膝盖动一动看，如果太厚了，我再把它改薄！"

小燕子把裤管放下，满屋子跳来跳去，得意地哈哈大笑：

"哈哈！好极了！一点都不妨碍走路！"在室内绕了一圈，突然重重地"扑通"一跪，"哈哈，像跪在两团棉花上，可舒服了！这玩意好，我给它取个名字，就叫'跪得容易'，我们漱芳斋每人发一对！大家赶快做，我还要去送礼！五阿哥、尔康、尔泰、小桂子、小顺子、蜡梅、冬雪……简直人人需要！你们想，常常在那个石子地上，说跪就跪，几次都把我跪得青一块、紫一块！"

"你别送礼了！五阿哥他们收到你这样的礼物，不笑死才怪！你教他们戴上这个，我想，他们没有一个人肯戴！"

小燕子瞪大眼：

"为什么？这么好用的东西，为什么不戴？赶明儿，我还要做一个'打得容易'，那么，就不怕挨打了！"

金琐实在忍不住，问：

"你这个'跪得容易'绑在膝盖上就可以了，那个'打得容易'要怎么绑？"

小燕子纳闷起来：

"是啊！说得也是！这有点伤脑筋！"

明月贡献意见：

"格格以后都穿棉裤算了！"

"那不成，"紫薇笑着说，"这个大热天穿棉裤，就不是'打得容易'，是'中暑容易'了！"

大家都笑了起来。室内嘻嘻哈哈，好生热闹。就在一片笑声中，小邓子带着小路子来到。小路子甩袖跪倒，对小燕子说：

"格格！皇上在书房，要格格马上过去！"

小燕子一呆，喊：

"完了！完了！皇阿玛一定又找到什么'好运坏运''大桶小桶'的东西来教训我！看样子。我最该发明的，还是一个'写得容易'！"

小燕子走进御书房，抬眼一看，尔泰、永琪都在，正给她拼命使眼色。除了他们还有一个纪晓岚。她糊里糊涂，心里有点明白，自己又出了什么错。仗着膝盖上绑着"跪得容易"，她对着乾隆就砰地跪倒，说：

"皇阿玛吉祥！"

"起来！"

小燕子心里一阵得意，那个"跪得容易"真好用，膝盖一点都不痛。她站起身来，面对纪晓岚，又"扑通"一跪：

"纪师傅吉祥！"

纪晓岚吓了好大一跳，慌忙伸手扶起小燕子：

"格格请起，为何行此大礼？"

小燕子刚刚起身，又对着乾隆扑通跪倒：

"皇阿玛，我是不是又做错了事？"

乾隆好生纳闷。这孩子怎么被吓成这样，左跪右跪的？

"起来！起来！"

"我就跪着吧，反正'跪得容易'。"小燕子自言自语。

乾隆听不懂，伸手一挥：

"叫你起来就起来，又没罚你，你一直跪着干吗？"

小燕子这才不情不愿地站起身来。

乾隆拿着好多篇文稿，对小燕子说：

"今天，朕跟纪师傅研究你们的功课，朕刚刚看了永琪和尔泰的文章，心里非常安慰！可是，纪师傅把你的功课拿给朕一看，朕就头晕了！"把一张字笺递给小燕子，"这是你作的诗吗？"

小燕子拿过来看了看：

"是！"

"你自己念给朕听听看！"

"最好不要念！"

"叫你念，你就念，什么最好不要念！"

小燕子迫不得已，只好低头念：

"走进一间房，四面都是墙，抬头见老鼠，低头见蟑螂！"

永琪、尔泰彼此互看，拼命要忍住笑。

纪晓岚一脸尴尬。

"你这是什么诗？"乾隆看着小燕子。

"这是很'写实'的啦！我现在住在皇宫里，当然什么都好！可是，我进宫以前住的那个房子，就是这样！那个李白，能够'举头望明月，低头思故乡'，一定是窗子很大，又开着窗户睡觉，才看得到月亮，我那间房，窗子不大，看不到月亮，半夜老鼠会爬到柱子上吱吱叫。至于蟑螂嘛，也是写实。"

"你还敢说是写实！"乾隆大吼一声。

小燕子吓了一跳，慌忙说：

"下次不写实就好了嘛！""这首也是你作的？"乾隆又拿出一张字笺问。

小燕子拿来一看，头大了，点点头。

"念来听听看！"

"可不可以不念？"

"不许不念！"

小燕子只得念：

"门前一只狗，在啃肉骨头。又来一只狗，双双打破头！"

永琪和尔泰拼命忍笑，快憋死了。

纪晓岚也忍俊不禁。

"你这种诗，算是诗吗？你也作得出来？"乾隆瞪着小燕子。

"没办法，师傅说：'你给我作鬼打架也好，狗打架也好，反正一定要作首诗给我！'我想，还是写实一点，'鬼打架'我没看过，狗打架，我看过！所以就写了这首！可是，师傅说我'双双'两个字，用得还不错！"说着，就求救地看纪晓岚。

纪晓岚就急忙说：

"皇上！格格已经进步很多了，她确实在努力学习，偶尔还有很典雅的句子出现，慢慢调教，一定会进步的！"

永琪也上前禀告：

"皇阿玛！小燕子本来字都不认得几个，现在能写两首打油诗，真的已经难能可贵，不要把她逼得太紧，反而让她对文字害怕起来！"

尔泰也上前帮忙：

"皇上，小燕子作诗，已经分得清'五言''七言'，也会押韵了！她起步太晚，有这样的成绩，是师傅的'功劳'、徒弟的'苦劳'了！"

"哼！"乾隆瞪瞪小燕子，啼笑皆非地说，"作出这样的诗来，居然还人人帮你说话！"又抓起第三张字笺，对小燕子说，"你再念这首给朕听听！"

小燕子大大地叹口气，无奈地念：

"昨日作诗无一首，今天作诗泪两行，天天作诗天天瘦，提起笔来唤爹娘！"

"又是一首'写实'诗？"

"是！"

"作诗那么辛苦啊？"

"是！"

"还敢说是！"

"本来就是！如果说'不是'就是'欺君大罪'！"

乾隆一拍桌子，挥舞着那张字笺：

"可是，这就不是'欺君大罪'了吗？是谁帮你写的？从实招来！这首诗虽然努力模仿你的语气和用字，仍然不是你写得出来的！是永琪写的吗？还是尔泰写的？"

永琪和尔泰，慌忙摇头否认。

小燕子见又逃不过，只好招了：

"皇阿玛！这作诗，不是那么容易嘛！我已经很努力地学了，那个'平平仄仄'实在很复杂，什么是'韵'还没弄清楚……"

"你不要跟我东拉西扯，先告诉朕，是谁代笔，朕要一起罚！"乾隆生气。

小燕子一急：

"您罚我就可以了，罚她……"忽然眼睛一亮。

"如果是罚写字，就罚她好了！她不怕写字，写得又快又好！"

乾隆纳闷：

"她是谁？"

"紫薇！"

乾隆震动了。紫薇？又是紫薇！

"这首诗是紫薇写的？"

"是！她说我作诗实在太辛苦了，帮我随便写了两句！"

乾隆眼前，立刻浮起紫薇那清灵如水、欲语还休的眸子。耳边，也萦绕起她那缠绵哀怨的歌声。好聪明的丫头，好动人的丫头，好奇怪的丫头！他不由自主，就出起神来。

尔泰和永琪，又对看一眼，有意外之喜。

乾隆出了半天神，这才回过神来，转眼看纪晓岚。

"晓岚，朕觉得，小燕子必须管得紧一点，她的帮手一大堆，课堂上好几个，家里还有，你不能不防！"

"臣遵旨！"纪晓岚看乾隆，"其实，格格天资聪颖，生性活泼，有格格的长处！在课堂上规规矩矩地上课，对格格是一种虐待，如果能从生活上教育，说不定会收到事半功倍的效果！"

乾隆沉思，就把作业推开，说：

"纪贤卿说得很有道理。好了！功课的事，就让纪师傅去伤脑筋！朕最近想出门走走，微服出巡一趟，视察视察民情。纪贤卿一起去！永琪、尔泰，你们和尔康也一起去！"

"是！"永琪和尔泰兴奋地应着。

"我也一起去！"小燕子急忙喊。

"你是女子，不能去！"

"您'微服出巡'也是要化装的，我装成您的丫头，不就行了吗？"小燕子兴奋极了，哀求地说，"皇阿玛，求求您带我去，我整天闷在宫里，都快要生病了！有我在路上跟您做伴，说说笑笑，不是很好吗？"

"你想去，有个条件！"乾隆盯着小燕子。

"什么条件？"

"把李颀的《古从军行》给背出来！"

"《古从军行》是什么东西？"小燕子自言自语，"不管它是什么东西，我背就是！如果我背出来了，皇阿玛，您可不可以也答应我一件事？"

"你也要讲条件吗？你说！"

"您不能只用一个丫头，让紫薇跟我一起去！"

乾隆想了想，紫薇一起去？路上，有人下棋唱歌，岂不快哉？他爽气地一点头：

"好！让紫薇跟你一起去！"

"皇阿玛万岁万万岁！"小燕子这一乐，非同小可，情不自禁，就欢呼了起来，一面喊着，一面就高兴地一跃，又"扑通"跪下，谢恩："小燕子谢皇阿玛恩典！"

谁知，小燕子这一次动作太大了，这样一跃一跪，两个"跪得容易"就滚了出来，跌落在地。

乾隆惊愕地喊：

"这是什么东西？"

小燕子慌忙抓起护膝，纳闷地说：

"这是'跪得容易'！怎么一跳就掉出来了？简直变成掉得容易了！不行！还得改良！回去再研究！"

尔泰、永琪、纪晓岚全都瞪大了眼睛，个个莫名其妙。

乾隆稀奇极了，困惑极了，喃喃自语：

"跪得容易？"

第十八章

　　就在小燕子被乾隆叫去问功课的时候，宫里的太监头儿高公公，带着一群很有气势的太监，昂首阔步地来到漱芳斋。

　　"皇后娘娘懿旨，宣紫薇去坤宁宫问话！"高公公大声说。紫薇大惊，跳起身子。

　　"皇后娘娘？"

　　"是！快走！"

　　金琐、明月、彩霞全部围了过来，慌成一团。金琐急忙应着：

　　"格格此刻不在，交代大家不得离开漱芳斋，等格格回来，立刻就去！"

　　"是是是！咱们奉命，谁都不许走！"彩霞也跟着说。

　　高公公面无表情：

"皇后娘娘的懿旨，是马上就去！谁敢延误，以'抗旨'论！"

高公公身后，一排太监往前跨了一步。

紫薇看看这个气势，知道逃不过了，挺身而出。

"好！我跟你们去！""我也一起去！"金锁急忙嚷。

"皇后娘娘只叫传紫薇，别人不用去！走吧！不要让娘娘等！"

紫薇给了金锁一个眼光，便被一群太监，押犯人似的押走了。

金锁脸色惨白，回头看明月、彩霞，大喊：

"快去找格格！快去找五阿哥！快去找福少爷啊！"

紫薇怀着一颗忐忑的心，跟着高公公走进坤宁宫。高公公一语不发，埋着头走。紫薇身后，一群太监紧紧跟随。拐弯抹角地走了好长一段路，穿过回廊，穿过后花园，来到一个光线暗暗的房门口。赛威、赛广在门口走来走去，气氛十分诡异。紫薇还没看清楚，忽然觉得有人在身后将她一推，她就跌进一间密室里，房门立刻关上。

紫薇抬头一看，皇后正端坐桌前，容嬷嬷和三个老嬷嬷侍立在侧，室内光线幽暗，气氛阴沉。

紫薇一见皇后，立刻跪落地，磕头说：

"奴婢紫薇叩见皇后娘娘！"

皇后起身，走到紫薇身前，冷冰冰地说：

"抬起头来！"

紫薇被动地抬起头来，胆怯地看着皇后。

"哼！听说你会唱歌，会下棋，还会写字，是不是？"
"回皇后，只是皮毛而已！"

"你的'皮毛'，已经会勾引人了，你的'骨肉'岂不是会把人给吞了？"皇后的声音抬高了。

紫薇大惊，震动极了，忍不住就喊了出来：
"皇后娘娘！"

皇后一拍桌子，厉声问：

"你给我老实招出来，你混进宫来，为了什么？是令妃娘娘训练你的吗？是福伦家养着你的吗？你学了多少东西，让你来勾引皇上？说！"

紫薇惊得目瞪口呆，脸上的血色，全体消失。天啊，这是怎样的误会，但是，自己的来龙去脉，怎么说得清楚呢？她便以头触地，诚挚地喊：

"皇后娘娘，请不要误会，奴婢和令妃娘娘，几乎不认得！奴婢所学，都是奴婢的娘教的，与福大人家里，一点关系都没有！我也绝对绝对没有勾引皇上，我可以指天誓日，那是天理不容的呀！"

皇后绕着紫薇走，上上下下打量紫薇，怒喊：

"长得就是一股狐媚样子，做的都是下流事情，还在这儿狡辩！容嬷嬷、李嬷嬷，给我教训她！"

容嬷嬷就带着三个嬷嬷一起上来，容嬷嬷对着紫薇肚子一踢，其他几个嬷嬷就将紫薇按倒在地，紫薇魂飞魄散，大叫起来：

"皇后娘娘！您冤枉我了！您真的冤枉我了！我跟您发誓，我绝对不是任何人为皇上安排的女人，我不是，不是呀……对皇上而言，我根本是个'零'，是个'不存在'呀……"

"你这个'零'，如果再不说实话，我就让你变成真的'零'！真的'不存在'！"皇后咬牙切齿。

地上，放着一块红布，布上，放着无数的金针。

容嬷嬷就拿起一根金针，猛地插进紫薇的胳臂。

其他嬷嬷，纷纷拿起金针，对着紫薇浑身上下，狠狠刺下去。刺完便收针，随刺随收。紫薇顿时陷入一片针海里，那细细的针，那么有经验地，专门拣身上最敏感的地方下针，似乎每一针都刺进了五脏六腑，痛得她天昏地暗。

"哎哟……娘娘！请不要！请不要……"紫薇喊着，泪落如雨，"我真的没有啊……我对皇上，只有孺慕之思啊……天啊！老天知道，苍天救我……哎哟！"

"你叫天吧！你叫地吧！皇宫这地方，就是叫天不应、叫地不灵的地方！谁教你千方百计地混进来！'孺慕之思'！你居然敢用这四个字？你有什么资格用这四个字？会两句成语，就这样乱用！容嬷嬷！让她抬起头来！"

容嬷嬷便把紫薇的头发，死命地往后一扯。紫薇的头发散开，钗环滚落。容嬷嬷拾起一根发簪，就往紫薇身上戳去。

紫薇痛得天翻地覆，不住口地喊着：

"娘娘！不是的！不是娘娘想的那样呀……"

"容嬷嬷！跟她说说清楚！"

容嬷嬷就拉起紫薇的头，警告地说：

"娘娘没时间跟你耗着，今天，问你什么，你老老实实地回答，咱们就放你一条活路！如果你不说，你这张漂亮脸蛋，就没有了！会弹琴的这些手指，也没有了！你自己想一想吧！"

紫薇在剧烈的痛楚中，突然逼出一股力量，抬头喊："娘娘！我只是一个卑微宫女，死不足惜！可是，我奉娘娘旨意，到这坤宁宫来，是宫女们太监们看着过来的，还珠格格一定会追究我的下落，她的个性，一定闹得天翻地覆，娘娘贵为后宫之首，真要为一个无名小卒，担当杀人之罪吗？"

皇后冷哼了一声：

"嘴巴倒是很厉害！该说的不说，不该说的说上一大堆！容嬷嬷！"

容嬷嬷对着紫薇的腰际，一脚踹去。另外几个嬷嬷，更是扭的扭，掐的掐，戳的戳，刺的刺。

紫薇痛喊：

"容嬷嬷……御花园里，我还帮你说情，你今天一定要对我下这样的狠手吗？大家都是奴才呀！"

容嬷嬷恨恨地说：

"不提御花园，我还会手下留情，提了御花园，我再赏你几下厉害的，你以为我不知道，你和那个还珠格格在演戏吗？欺负了人，还要假扮好心！"

容嬷嬷说着，掐住紫薇腰间的肉，狠狠地一扭。

"现在，告诉我，你和令妃娘娘、福伦家、小燕子，还有五阿哥在图谋什么？说！"皇后厉声问。

紫薇心想，这样的问题，简直说都说不清。她根本不屑于回答，就闭嘴不语。容嬷嬷抓起一把金针，迅速地对紫薇腰际戳下去。这样一戳，紫薇痛得冷汗直流，身子都痉挛起来，再也忍不住，凄厉地大喊出："皇后！别这样待我呀，谁无父母，谁无子女，给您的十二阿哥积点阴德吧！您看！十二阿哥在窗外看着您呢！"

皇后大惊，本能地就冲到窗前，窗外，什么人都没有。皇后大怒，过来，对着紫薇狠狠一踢：

"你死到临头，还在这儿胡说八道！我今天杖毙了你，也不过是打死一个丫头！"

"皇后！您看！十二阿哥真的在窗外看着您呢！"紫薇再喊。

皇后又一惊，本能地再抬头，窗外依然静悄悄。

"容嬷嬷，给她一点厉害的！"皇后怒喊。

容嬷嬷拿了针，对紫薇浑身乱刺。紫薇喊得更加惨烈了：

"皇后！你看！十二阿哥真的在窗外看着您呢！上有天，下有地，种瓜得瓜，种豆得豆啊……"

皇后一凛，被紫薇喊得五心烦躁：

"容嬷嬷！这儿交给你！我没有时间慢慢磨蹭，你帮我问个清楚！"

"是！"容嬷嬷大声应着。

皇后就昂着头，出门去了。

容嬷嬷见皇后一走，就抓起紫薇的手，用一根针，刺进紫薇的指甲缝里去。

"啊……"

紫薇惨叫着，晕过去了。

皇后刚刚回到大厅，小燕子已经带着永琪、尔康、尔泰、金琐等人，冲进门来。

小燕子气急败坏地喊：

"皇后娘娘，你把紫薇带到哪里去了？你要干什么？请你把她还给我吧！"

皇后雍容华贵地站在那儿，身后一排的宫女，一排的太监，十分威武。

"什么事！在我宫里这样大呼小叫？格格，你在漱芳斋里可以不守规矩，到了我这坤宁宫里，希望你维持起码的礼貌！"

小燕子心急如焚，知道人在屋檐下，不得不低头，急急地屈了屈膝：

"皇后娘娘吉祥！听说我房里的紫薇，被您叫来了！如果问完了话，可不可以把她还给我，我屋里有一大堆事要她做！缺了她不行！"

皇后好整以暇，慢条斯理地问：

"哦？紫薇吗？就是那个新来的宫女啊？"

小燕子一股气往上冲，简直按捺不住了，大声说：

"是啊！就是新来的宫女啊，就是被你'教训'过的宫女啊……"

永琪怕小燕子把事情闹僵，急忙一步上前，说：

"皇额娘！还珠格格和这个宫女非常投缘，日常生活，全是这个宫女照顾，如果皇额娘没什么事，就把她放回去吧！"

皇后看着永琪，又看尔康、尔泰，心里更加疑惑。

"一个小小宫女，居然惊动五阿哥和福家少爷，是不是太小题大做了？"

尔康往前一冲，急切之情，已难控制，喘息着说：

"皇后！那丫头虽然事小，还珠格格事大，整个皇宫，几乎都知道，皇后和格格不睦，皇后何必再为一个丫头，再和格格伤和气呢？如果皇后肯放回紫薇，我想，格格会感激涕零的！"

皇后见尔康情急，疑惑中更添疑惑，便冷冷说道：

"谁说那个丫头在我这儿？"

金琐大急，往前面一冲，喊：

"皇后！明明是您派人把她叫来了！我亲眼看到的，亲耳听到的！怎么说不在呢？"

皇后大怒：

"你一个小小宫女，也可以到坤宁宫来撒泼？"回头大喊，"翠环！给我教训她！掌嘴！"

小燕子一个飞身，就拦在金琐前面，厉声喊：

"谁敢打金琐！先来打我！"抬头怒视皇后，"您有什么气，冲着我来好了，要问什么话，您问我！放掉我屋里的人，您今天不把紫薇还给我，我马上去告诉皇阿玛，我不怕把事情闹大，反正我不守规矩已经出了名了！皇后，您也要弄得跟我一样出名吗？"

尔泰急忙推了推小燕子，对皇后躬身，恭恭敬敬说道：

"皇后！为了一个小小的紫薇，实在犯不着如此！"

"皇额娘！这实在是件小事，还是不要惊动皇阿玛比较好！"永琪也说。

"皇后娘娘有什么话要问，大概也问完了，就让还珠格格把人带走吧！"尔康也低声下气了。

皇后满腹疑云，脸上却不动声色。

"你们真是太奇怪了！我叫紫薇来问问话，值得你们一个个脸红脖子粗的？何况，那个紫薇，在我这儿只停留了半盏茶的时间，我就让她回去了！你们都跑到我这儿来吵吵闹闹，有没有回去漱芳斋看看呢？如果不在漱芳斋，在不在令妃娘娘那儿呢？"

"您已经让她回去了？"小燕子一呆。

"是啊！老早就走了！"

尔康掉头看尔泰，尔泰低声说：

"我就说先回去看看，格格已经沉不住气了！"

尔康便甩袖俯身，急道：

"臣等告辞！"

小燕子也不行礼，已经气急败坏对外冲去。

紫薇没有回漱芳斋，没有在令妃娘娘那儿，没有在皇宫任何一个角落。大家找到日落时分，已经断定紫薇陷在坤宁宫，出不来了。

小燕子跌坐在一张椅子里，用手蒙住脸，痛哭失声。

小燕子这一哭，金琐也控制不住了，跟着痛哭。

"我就是应该跟去嘛！我追在后面，喊着要一起去，可是，那些公公拦着我，不许我去，我就应该什么都不管，跟定了她才对！"

尔泰安慰金琐，说：

"你去了，是多一个人失踪，对紫薇一点好处也没有！幸亏你没去！"

"皇阿玛叫我去，我就把紫薇带在身边又怎样？为什么把她一个人留在漱芳斋？尔康，你杀了我吧，我把紫薇弄丢了……"小燕子哭得伤心，"我得去告诉皇阿玛，让皇阿玛帮我做主！"说着，跳起来就往外跑。

永琪把她抓了回来：

"你不要这样激动，商量清楚再行动呀！"

"等你商量清楚了，紫薇就没命了！"

"你认为皇阿玛会为一个宫女，跑去向皇额娘兴师问罪吗？就算他肯去，皇额娘还是咬定人不在坤宁宫，皇阿玛又能怎样？要找皇阿玛，你就要有证据，紫薇确实陷在坤宁宫才行！否则，救不了紫薇，还会逼得皇后'杀人灭口'！"永琪说。

"杀人灭口！"尔康大震。

"给你这样分析来、分析去，紫薇是死定了嘛！"

小燕子脸色如纸。

尔康忽然往众人面前一站，脸色惨白，意志坚定地说：

"你们听好，天已经黑了，再等半个时辰，等到天黑透了，我要夜探坤宁宫！"

"夜探坤宁宫？"永琪惊喊。

"是！我承认，五阿哥分析得都对！可是，我现在忧心如焚，已经顾不得理智不理智！这样等下去，我会发疯！我必须采取主动！我要弄清楚，紫薇在不在坤宁宫？其实，我们都知道，她一定在，只是不知道在哪间屋子里！好在，坤宁宫不大，我去一间一间搜！只要确定紫薇人在坤宁宫，小燕子就可以理直气壮去找皇上！如果我失手被捕，你们大家，就拼出你们的全力，去求皇上救我和紫薇吧！"

众人目瞪口呆地看着尔康。

"你一个人去夜探坤宁宫，不如我舍命陪君子吧！"尔泰吸了口气。

"要去，不能现在去，要等夜静更深才行！而且你们两个去，不如我们一起去！万一出事，好歹我是阿哥，可以罩在那儿！毕竟，没有人敢把阿哥扣上刺客的帽子！"永琪说。

"那我也一起去，人多好办事！我们看到紫薇，就把她救出来！"小燕子立刻热烈地喊。

永琪对小燕子正色地说：

"如果你真的想帮忙，真的想救紫薇，你就老老实实地待在漱芳斋，什么事都不要做，等我们的消息！否则，我们大家还要照顾你，更加手忙脚乱！"

小燕子心里明白，自己那点儿武功，在高手云集的皇宫内，实在不算什么，为了救紫薇，只好忍耐了。

于是，这天深夜，尔康、尔泰、永琪穿着一身黑衣，蒙着脸，去了坤宁宫。

由于对地形熟悉，三人又都是武功高手，几乎没有碰到什么障碍，就深入了坤宁宫的内院。三人分开，一间一间地探视，探到后院的密室，尔康从屋檐上倒挂在窗口，就看到紫薇了。紫薇蜷缩在地上，像个虾米一般，动也不动。尔康一看到紫薇，顿时热血沸腾，什么都顾不得了，就想穿窗而入。谁知，倏然之间，赛威和赛广飞蹿出来，挥拳就打。

尔康和赛威很快地交换了几招，尔泰和永琪听到打斗声，奔来救援。

五人立刻缠斗起来。赛威、赛广见来者熟悉地形，身手不凡，招数又非常熟悉，心里就有些明白了。赛威并不高喊，低声问：

"来者是谁？是刺客，还是自己人？报上名来！否则，惊动所有侍卫，我就不管了！"

"是好汉，跟我走！"尔康也低语。

赛威、赛广已听出声音，心知有异。五个人迅速地来到一个冷僻的角落。

永琪倏然拉开面巾。

赛威、赛广双膝落地，低喊：

"五阿哥！"

"我特地来找你们两个，问你们一句话，紫薇怎样了？"永琪开门见山地问。

"被容嬷嬷用了刑，已经支持不住了！"

尔康一把扯下面巾：

"我敬重你们两个都是好汉！这坤宁宫竟然做些伤天害理的事，我想，你们两个不会同流合污，也不会自己人打自己人，我现在要去把紫薇救出来，你们两个，就当没看见吧！"

"那不成！如果你们要救紫薇，必须把我们两个杀了！"

尔泰上前，匕首出鞘，一下子抵在赛广喉咙上：

"你以为我们不敢杀你吗？"

"尔泰！不要冲动！"永琪看二人，"你们只有'忠心'，没有'是非'吗？"

"如果我们只有'忠心'，没有'是非'，在发现你们的时候，就已经大喊出声，现在，所有大内高手，都早已围过来了！"

"那么，你们还刁难什么？"

"皇后把犯人交给我们看管，如果犯人丢了，我们的脑袋也保不住！五阿哥已经知道紫薇的下落，没有几个时辰，天就亮了！何不等明儿一早，来坤宁宫公然要人！那时，要闯入内，赛威、赛广恐怕……抵挡不住！"

"可是，这几个时辰里，紫薇会怎样？"尔康问。

"容嬷嬷早已累垮了，没力气再审了！紫薇姑娘暂时没有危险。"

"你保证？"

"我们保证！我们会'看管'她！"

永琪立即抱拳说：

"两位壮士，永琪和还珠格格记在心里了！"回头看尔康和尔泰，"咱们退！此地不能久留！"

尔康还有犹豫，永琪用力拉了他一下：

"别忘了，这儿是皇宫，你是御前侍卫！快走！"

三人迅速地穿屋越墙而去。

天才亮，乾隆就被小燕子惊动了。

"小燕子，你又发生什么事了？蜡梅说你四更天就来了，跪在这里跪到现在？你怎么了？两个眼睛肿得像核桃一样？"

小燕子匍匐于地，泪如雨下，泣不成声地痛喊：

"皇阿玛！我已经没有办法了！请你救救我，救救紫薇，如果紫薇死了，我也活不成！我跟皇阿玛老实招了，紫薇不是普通的宫女，她是为我而进宫的！她是我的结拜姐妹呀！当初，我跟玉皇大帝和阎王老爷都发过誓，我要跟紫薇一起活、一起死！现在，我把她害得这么惨，我真的活不下去呀……"一面说，一面哭得稀里哗啦。

乾隆简直摸不着头脑，但是，听到紫薇的名字，就不能不关心了：

"你慢慢说，慢慢说，朕听得糊里糊涂，紫薇怎么了？"

"昨天，我和皇阿玛在谈功课的时候，她被皇后娘娘带进坤宁宫，就一直没有回来！她被皇后关起来，用了刑，现在，不知道是死是活……"

乾隆心中怦然一跳，皇后带走了紫薇？想到紫薇，不知怎的，他也不能平静了。

"你怎么知道她被皇后关起来，还用了刑？"

小燕子急坏了，大喊：

"我知道，我知道，我就是知道！皇阿玛，求求你不要耽误时间了！五阿哥和尔康、尔泰，已经在昨晚夜探坤宁宫，亲眼看到紫薇被囚……"说着，就用额头碰地，砰然有声，"皇阿玛！求求你！拜拜你！只有你才能救紫薇，你看在她跟你彻夜下棋谈天的分上，去救她吧！五阿哥、尔康、尔泰、金琐都在外面等着呢！"

乾隆震动地站起身子。

乾隆冲进坤宁宫的时候，还是拂晓时分，身后跟着小燕子、金琐、永琪、尔泰、尔康等众人。

"皇后！"乾隆大喊。

皇后疾步走出，见到乾隆，连忙屈膝行礼：

"臣妾恭迎皇上，给皇上请安！怎么一大早就过来了？"惊看小燕子等人，心中已经有数，"哦？来人不少！"

"你把紫薇带到你的宫里，要做什么？"乾隆盯着皇后，严厉地问。

"皇上！一个宫女，也值得您亲自跑一趟吗？"皇后一怔，诧异已极地说。

"只怕我不亲自跑一趟，你不会把人交出来！"

"紫薇那丫头，说话不得体，行为不得体，是我把她叫了来，训斥了几句，就让她回去了，怎么？她不在漱芳斋吗？是不是化装成小太监，溜到宫外玩儿去了？"

小燕子一听此话，就完全失控，发起疯来，大叫：

"皇后！你把紫薇怎么样了？你赶快把紫薇交出来！要不然，我和你没完没了，我也不管你是不是皇后，我也不管你有多大的权力，我跟你拼命！紫薇被你扣在宫里，已经是千真万确的事，你还睁着眼睛说瞎话！"

小燕子一边嚷着，一边就怒发如狂，冲到皇后面前，抓着皇后胸前的衣服，一阵乱摇。

"这还像话吗？反了反了！来人呀！"皇后大喊。

赛威、赛广冲了出来，和永琪、尔康电光石火般地交换了一个眼神。

小燕子什么都不顾了，拼命摇着皇后，大喊大叫：

"紫薇不会武功，说话连大声都不会，你还说她这个不得体、那个不得体，你是成心要弄死我们！放她出来！紫薇少一根头发，少一根寒毛，我都要你的命……放她出来！再不放，我跟你同归于尽！"

小燕子喊着，就整个扑在皇后身上，双双滚倒于地。小燕子就去勒皇后的脖子。

"不可以！"赛威大喊。

赛威、赛广往前扑，尔康和尔泰同时出手，挡开赛威、赛广，拉起小燕子，干净利落。赛威、赛广便被逼得后退。

皇后跌在地上，惊得面无人色，早有宫女太监奔去扶起。

这样一片混乱，看得乾隆目瞪口呆，此时，尔康喊：

"皇上！救人要紧！"

乾隆一步上前，怒声喊：

"朕已经知道紫薇在坤宁宫，不要推三阻四了，闹成这样子，成何体统？赶快把人交出来！"

皇后怒不可遏：

"皇上一清早，就带着这个没规没矩的格格，来我这儿大吵大闹，又动手，又动口，难道还是臣妾有失体统吗？"

"你身为皇后，居然囚禁宫女，动用私刑！现在，朕亲自来跟你要人，你还扣住不放，你是不是连朕也不放在眼里了？"

"皇上有什么证据，说紫薇在坤宁宫？"皇后挺了挺背脊。

"皇后这么说，紫薇不在坤宁宫！你敢指天誓日地说一句，紫薇确实不在？如果所说是假，皇后犯法，与庶民同罪！"乾隆疾言厉色。

皇后话锋一转：

"好吧！就算紫薇在坤宁宫，紫薇不过是个宫女，我跟格格要了这个宫女，留在身边侍候我，可以吗？"

乾隆大怒：

"一个皇后，说话出尔反尔，做事跋扈嚣张，简直可恨！"

皇后面无血色，不敢相信地看着乾隆：

"皇上！难道臣妾今天的地位，还不如一个宫女吗？
您怎能用这种话来说我！"

乾隆不由自主，竟引用了小燕子的话：

"宫女也是人，宫女也有爹娘，也是人生父母养的！
所谓'皇后'，正应该'母仪天下'！你的'母仪'在哪
里？你不知道'老吾老以及人之老，幼吾幼以及人之幼'
吗？如果你不能胜任当一个'国母'，这个'皇后'的位
子，你不如让贤吧！"

皇后大震，连退了两步，张口结舌，竟吓得说不出
话来了。

乾隆便厉声再喊：

"还不赶快把紫薇交出来！"

皇后心一横：

"臣妾要为皇上除害，不能把紫薇交出来……"

乾隆大怒，回头喊：

"尔康！尔泰！永琪！你们去把紫薇搜出来！"

尔康、尔泰、永琪巴不得有这样一句，便大声应着
"遵旨"，冲进后面去了。

尔康三人冲进密室的时候，只见到容嬷嬷带着三个
老嬷嬷，正在对紫薇用刑，她们居然"日出而作"，气得
三个人都血脉偾张。

尔康一声大吼：

"该死的老巫婆，居然还在用刑！"就飞扑上前，踢翻了容嬷嬷，一看旁边的刑具，气得鼻子里都冒烟了，抓起一把金针，就对容嬷嬷肩上一插，"你这个混蛋！你这个没有人心的魔鬼！让你自己尝尝这是什么滋味！"

容嬷嬷倒在地上，痛得打滚，杀猪似的叫了起来：

"哎哟！皇后娘娘……快救命啊……"

尔康看到蜷缩成一团的紫薇，心都震痛了，顾不得容嬷嬷，就忘形地扑过去，一把抱住紫薇，痛楚地喊：

"紫薇！对不起，我来晚了！"

紫薇看到尔康，泪水潸潸而下。

容嬷嬷还在杀猪似的惨叫，尔泰上前，劈手就给了容嬷嬷好几个耳光。

"还敢叫？这种歹毒的老太婆，不如杀了。"喔啷一声，拔出匕首。

容嬷嬷大惊，吓得发抖，跪在地上，拼命磕头：

"饶命！饶命啊！福少爷，我知错了！"尖叫：

"五阿哥！救命啊……"

永琪早把其他嬷嬷一一踢翻在地。众嬷嬷全跪在地上，磕头如捣蒜。永琪喊：

"尔泰！要杀她，不能在这儿杀！先救紫薇要紧！这个老太婆，随时可以收拾！皇阿玛还在外面等着呢，不要耽误时间了！"尔泰心有不甘，一挥手，将容嬷嬷发髻一刀削掉。

发髻落地，容嬷嬷以为把自己的头割掉了，咕咚一声，晕倒在地。

尔泰拎着她背脊的衣服，拖了出去。

"我不杀她，有人会杀她！让皇上发落！"

尔康已经抱起紫薇，往外大步走去。

当尔康抱着披头散发、狼狈不堪、脸色苍白的紫薇走出来时，乾隆震惊极了。永琪和尔泰跟在后面。

尔泰还拖着一个没有发髻的容嬷嬷。

"皇上！紫薇救出来了！已经受过严刑拷打，遍体鳞伤！"尔康喊着。

小燕子和金琐，一看到紫薇这样子，心都碎了，两人尖叫着扑上前去：

"紫薇！紫薇！我害死你了……我真该死！真该死！"

"他们把你怎样了？怎么会弄成这样……你的伤在哪里？我能不能碰你呀？"

紫薇知道乾隆在，便挣扎着要下地。尔康也不便一直抱着紫薇，就小心翼翼地把她交给小燕子和金琐。小燕子和金琐，一边一个，去扶住紫薇。

紫薇东倒西歪地倚在两人怀里，好生凄惨。

乾隆大步上前，不敢相信地看着紫薇，震动而心痛：

"紫薇，你哪里受伤了？"

紫薇抬眼见到乾隆，就挣扎着要站稳，无奈浑身一点力气都没有。在小燕子和金琐的扶持下，好不容易，摇摇晃晃站着，她还试图跪下。可是，一个头昏眼花，力不从心就倒在金琐和小燕子怀里。

"皇上，紫薇不曾受什么伤……"她勉强地说着。

乾隆看着那张又是汗又是泪的脸孔，心里实在吃惊。

"弄成这样，还说不曾受什么伤！你尽管说，谁打了你？怎么打的？用什么东西打的？你说！不要怕！朕为你做主！"

皇后见到紫薇被救出，心里害怕，向前迈了一步。

"皇上……"她喊着，声音里已有怯意。

乾隆震怒地抬头，扫了皇后一眼，厉声说：

"朕在问紫薇，皇后请不要插嘴！"

这时，尔泰将容嬷嬷拖到乾隆面前，一掷而下。

"皇上，我把这个刽子手捉来了！"

容嬷嬷被这样一摔，醒过来了，睁眼一看，差点又要晕倒，跪地惨叫道：

"万岁爷饶命！万岁爷……奴才不敢了……奴才再也不敢了……"

乾隆怒瞪着容嬷嬷，对皇后所有的怒气，全部转移到容嬷嬷身上。

"你这个下流东西！就是你在兴风作浪！如此对待一个弱女子，太可恶了！"回头大喊，"赛威！赛广！把她拖出去斩了！"

"遵旨!"赛威、赛广大声应着,便来拖容嬷嬷。容嬷嬷魂飞魄散,尖叫:

"皇后……皇后……"

此时,皇后心胆俱裂,再也顾不得皇后的形象,扑通一声,对乾隆跪下了:

"皇上请手下留情!容嬷嬷是我的乳娘,等于是半个亲娘!皇上请开恩!"

"你现在要朕开恩了?容嬷嬷不过是个奴才,一个罪大恶极的奴才,我杀一个奴才,你也会舍不得吗?"

皇后落泪了:

"臣妾知错了!请皇上网开一面!这些年来,臣妾虽在坤宁宫,长日无聊,多亏容嬷嬷悉心照顾,没有功劳,也有苦劳!请看在你我夫妻情分上,放她一马吧!"

皇后一句"长日无聊",乾隆心中一震,也有恻隐之心,但盛怒难减:

"你的奴才,你知道怜惜,小燕子的人,你为什么不能怜惜?什么叫推己及人,你不知道吗?"

"臣妾知罪了!"皇后委曲求全。

乾隆便厉声说道:

"容嬷嬷!朕把你的人头,暂时记下!如果再有任何差错,再去漱芳斋找麻烦,你就必死无疑!"

"奴才谢皇上恩典!谢皇上恩典!"容嬷嬷匍匐于地,浑身颤抖。

"死罪虽然免了，活罪难逃！赛威，赛广，把她拖出去打二十大板！"

赛威赛广便拖着容嬷嬷出去。

皇后眼睁睁看着容嬷嬷被拖走，什么话都不敢再说。

乾隆见容嬷嬷被拖下去了，就转头看着紫薇：

"紫薇，除了容嬷嬷，还有谁对你用刑？为什么对你用刑？"

紫薇在金琐和小燕子的左右搀扶下，跪在地上，摇摇晃晃地给乾隆磕了一个头：

"回皇上，没有了，请皇上不要追究了！皇后教训奴才，是天经地义，皇上不追究，就是紫薇的福气了……"

紫薇说到这儿，眼前一黑，竟晕了过去。

小燕子抱住紫薇，泪如雨下，惨烈地喊：

"紫薇，紫薇！你不要死，你死了我跟你一起死！"

乾隆又惊又急又痛，连声喊：

"赶快送她回漱芳斋！马上传太医！快！快！"

紫薇躺到漱芳斋的床上，人就清醒过来了。

漱芳斋一阵忙乱，太医来了好几位，令妃也赶来了。明月、彩霞、小邓子、小卓子和诸多宫女太监，忙忙碌碌，跑前跑后。倒水的倒水，擦拭的擦拭，先帮紫薇弄干净，清理更衣。然后，太医们诊治的诊治，抓药的抓药，煎药的煎药，上药的上药……又忙了好一阵子，才把紫薇弄定了。终于，紫薇躺在床上，换了干净衣裳，梳洗过了，伤口都上了药，觉得自己又活过来了。

乾隆居然亲自到床前来看紫薇。

金琐和小燕子看到乾隆，便屈膝请安。小燕子眼眶一红，委屈万分地喊了一句"皇阿玛"，眼泪就簌簌直掉，哽咽难言。

紫薇苍白如死，见乾隆亲临，受宠若惊，急忙想起床："皇上！"

乾隆一伸手，将紫薇身子按在床上。

"这种时候，不要多礼了！"凝视紫薇，"令妃都告诉我了，是用针扎的？嗯？听说浑身都是针孔？疼极了，是吗？"

这么温柔的语气，这么关心的眼神，紫薇好感动，眼中立即流泪了：

"谢皇上关心，不疼了！"

乾隆点点头：

"疼得脸色都像白纸一样，还说不疼？"

"有皇上和令妃娘娘这样关爱，又请太医，又赐药，又殷殷垂询，真的不疼了！"紫薇哽咽地说。

乾隆心中一抽，怜惜之情，不能自已：

"皇后为什么对你动刑？刚刚在坤宁宫，你不说，现在，可以说了！"

"请皇上不要追究了！"紫薇在枕上磕头。

"你尽管说，没有关系！"

紫薇看着乾隆，眼光诚诚恳恳，声音温温婉婉：

"皇后贵为国母，无论怎样教训我，都有她的理由和权力。皇上，家和万事兴，犯不着为了小小一个丫头，闹得宫内不宁！皇上已经罚过容嬷嬷，够了！"

"话不是这样说，万一闹出人命，怎么办？而且，这皇宫，是多么高贵宁静的地方，是朕的家呀！居然在皇宫里动用私刑，这像话吗？"

紫薇见乾隆发怒，就含泪不语。小燕子在一边，再也熬不住，落泪嚷：

"皇阿玛！这还有什么好问的？皇后就是看我这个漱芳斋不顺眼，没办法除掉我，就欺负我房里的人！皇阿玛，您那么忙，我们不能一出事就找您，今天是紫薇命大，您在宫里，如果您不在宫里，紫薇大概就被弄死了！"

乾隆抬头看小燕子，叹口气：

"你放心，朕已经吩咐尔康，调侍卫来保护你们，以后，坤宁宫叫传，先告诉朕，朕为你们做主，不会再发生类似的事了！"

令妃便上前说道：

"皇上，请回宫去休息吧！这儿，有小燕子她们照顾着，尔康、尔泰保护着，应该不会再出问题了！"

乾隆看着紫薇，看了好一会儿，怜惜一叹，说：

"紫薇，你好好休养，想吃什么，尽管叫厨房去做！

你今天受了委屈，你虽然不肯说，朕心里也大概明白！你一句'家和万事兴'包含了千言万语，朕也了解了！你不要怕，伤好了，朕再来跟你下棋！"

乾隆说得如此委婉，紫薇感动得泪如雨下，在枕上拼命磕头，嘴里重复地说：

"谢皇上……谢皇上……谢皇上……"

"看样子，朕不离去，你也没办法休息！令妃，走吧！"乾隆体贴地说，转身离去。

一屋子的人忙着恭送。

乾隆刚走，尔康进来了。

小燕子一看到尔康，就挥手要大家全体出去，一面对尔康说：

"不要谈太多了，太医说，她需要休息！我和金琐在门口守着，不会让人进来！"

"谢谢你！"

金琐过来，对尔康屈了屈膝，低低地叮嘱：

"她很痛，到处都痛，你跟她谈谈，或者可以止痛！就是，千万别说要带她出宫去，皇上亲自慰问，她感动得要命。什么力量都没办法让她离开了，你如果又说要带她走，那会让她更痛的！"

尔康一怔，对金琐拼命点头：

"我知道了！"

小燕子就和金琐匆匆出门去。

尔康奔到床前，见紫薇仍然苍白如死。他在床前坐下，把紫薇的手抓了起来，紧紧地放在胸口，两眼热烈而痛楚地凝视着她，半晌，一句话都说不出来。

紫薇眼中含泪，过了片刻，反而是紫薇先开了口：

"都过去了，好在，有惊无险。"她安慰着尔康。

"有惊无险？你已经遍体鳞伤，还说有惊无险？我……"摇头，咬牙，"我会为你心痛而死！"

"不要这样，你这么难过，我会因为你的难过，而更加难过的！"

"我知道不该让你更加难过，可是，我真的没办法不难过！我怎么样都没想到，会发生今天这种事！我觉得自己真该死！真没用！居然没有力量保护你！看到你这样，我又没有办法替你痛，我真的好后悔！"

"我知道，我都知道！"紫薇含泪看尔康，勉强地挤出一个软弱的笑，"不要为我难过，皇上因此而注意我，我是因祸得福了！"

"伤成这样，你还这么说！身上到底有多少伤口？除了针，还有没有别的？"

"没有关系！你来了，这样守着我、看着我，我知道你对我的疼惜，知道你比我还痛！够了，我心里很温暖，很感动。受一点小小的伤，发现自己被这么多人珍惜着，这点伤，其实是一种幸福！不要后悔。我觉得好兴奋！皇上为我亲自去坤宁宫，亲自送我回来，为我宣太医，还要令妃娘娘来照顾我，还对我问东问西，我已经受宠若惊，我高兴都来不及啊！"

"你是陷在这个'父女相认'的旋涡里，不准备出来了！"尔康凝视她。

"我义无反顾，不准备出来了！"紫薇坚决地说。

"皇后到底为什么拷打你？"尔康疑惑地问。

"她要我说出和你家的关系，和五阿哥的关系，和令妃娘娘的关系……她以为，我是你们大家设计的'鱼饵'，在'勾引'皇上！"

尔康震动极了：

"天啊！我们赶快把真相说出来吧，不要再拖了！"

"不行啊，我还一点把握都没有，你说过不能急！"

"可是，我太害怕太害怕了！今天这种事情，如果再发生一次，我都没有把握自己会不会失去理智，做出疯狂的事情来！我真的为你神魂颠倒，心惊胆战。你那么坚强，又那么脆弱，我不知道怎样才能保护你！怎样才能把你揣在口袋里，带在身边，让你远离伤害！"尔康担忧已极、怜惜已极地说，眼睛都涨红了。

紫薇就伸手轻触着尔康的面颊，柔声说：

"我不痛了，我真的一点都不痛了！"

"可是……我好痛！"

尔康就捉住她的手，送到唇边去吻着。

紫薇苍白的脸，终于漾出了红晕。

第十九章

　　紫薇的伤，其实一点都不严重，休息了几天，就恢复了元气。乾隆和令妃，又赏赐了无数的补品，什么灵芝、人参、当归、熊胆……一件件搬到漱芳斋来，给紫薇进补。因此，十天过后，紫薇不但神清气爽，而且面颊红润，精神抖擞。

　　这天风和日丽，云淡风轻。

　　小燕子兴冲冲地站在院子里，手里抡着一条九节鞭。紫薇和金琐，笑吟吟地看着她。明月、彩霞、小邓子、小卓子全都围绕着，看小燕子表演。

　　"紫薇，你的身体完全好了，我要开始教你武功了！金琐、明月、彩霞、小邓子、小卓子，你们通通要学！我现在才知道，不会武功真的不行！我这个漱芳斋，必须要想出保护自己的办法，那就是，人人会武功，个个是高手！"

"你要我学那个东西，我是绝对不行的。"紫薇笑着说。

"什么绝对不行？你看，我都学了《礼运大同篇》，都念了四书，还学作诗！还要天天练字！如果我可以做那些事，你就可以练武！来来来！"小燕子兴致勃勃。

"你饶了我吧！我真的没办法！"紫薇躲开，笑着。

"金琐！你第一个来练，你责任重大，下次紫薇再被人带走、被人欺负，就是你的事！"小燕子转移目标，喊着。

"我？"金琐愕然地问。

"是是是！你们不要拖拖拉拉了，每一个都要练就对了，哪有只会挨打不会还手的人，气死我了！"

小燕子大叫。

金琐想到紫薇被欺，义愤填膺起来，下决心地说：

"好好好！我练！我练！"

小燕子舞动九节鞭，一阵虎虎生风，边舞边说：

"这样挥出去，这样收回来，手腕要有力，马步要踩得稳，动作要灵活，鞭子要舞得活络……"说着，就呼呼呼地舞了一阵，把鞭子交给金琐。

金琐学着小燕子，拿着鞭子，软绵绵地一鞭挥去，嘴里跟着喊：

"这样挥出去，这样收回来……这样挥出去，这样收回来……"

不料，那条鞭子竟完全不听指挥，每一节都能自由活动，呼啦呼啦几下，竟然打到金琐自己的头上，发簪也掉了，耳环也掉了。金琐急忙要收回鞭子，手忙脚乱之余，噼里啪啦地打在小燕子身上头上。

小燕子一边跳着躲鞭子，一边着急地大喊：

"金琐！你这是干什么？是打敌人还是自己呀？你把那棵树想成你的敌人，对那棵树招呼过去，不要打我，不要打你自己呀……"金琐挥着那根完全不听话的鞭子，打得自己簪飞发散，打得小燕子跳来跳去，看得众人目瞪口呆。

"不对不对！"金琐气喘吁吁地喊，"这根鞭子有点邪门，它像一条蛇一样，是活的！它根本不听我的话，它高兴往哪儿绕就往哪儿绕，我拉都拉不住它！"

"胡说！什么鞭子邪门？这九节鞭有九节，你不要用'蛮力'，要用'巧劲'，只要劲用对了，每一节都会发挥作用，指东打西，好用得不得了！你用点力气呀！这不是纺纱，不是绕棉线，不是绣花呀！用力！再用力！速度快点！呼啦……挥出！呼啦……"金琐拼命学习，嘴里也依样画葫芦地大喊：

"呼啦……挥出！呼啦……收回！"

金琐这一呼啦，鞭子竟叭的一声，打到旁观的小卓子脸上。小卓子大叫一声，往后就退，竟然"砰"的一声，把小邓子撞倒在地。金琐急忙收鞭，又波及明月、彩霞，人人被打得东倒西歪。金琐好不容易才收住鞭子，忙着对大家道歉：

"哎呀！哎呀！你们怎样？我不是故意的！"

小卓子、小邓子爬起身子，"哎哟"乱叫，明月、彩霞揉手的揉手，揉头的揉头，呻吟不已。

"金琐，等你的功夫练好了，我们大概人人受伤了！"小邓子喊。

"我看，不只受伤，能不能保命是个大问题！"明月说。

"求求你，可以了，拜托你，别练了！"小卓子对金琐直拜。

"这鞭子怎么专打自己人呢？那棵树站在那儿动也没动，闪也没闪，你就打不到？"彩霞问。

大家你一言、我一语，紫薇忍俊不禁。

"小燕子，你正经一点，就拿根棍子教教她好了！教什么九节鞭？"紫薇说。

"对对对！你先从'一节鞭'教起，我们一步一步来！"金琐急忙应着。

"哪有什么'一节鞭'？我听都没有听说过！"小燕子生气。

"那……我还是不要学了！"金琐对小燕子苦着脸说。

"不行不行！为了保护紫薇，你非学不可，没有那么难！来来来，我再示范一次给你看！"

小燕子接过九节鞭，呼呼呼地又舞了起来，大家拼命给她鼓掌、叫好。

小燕子听到大家叫好，不禁得意扬扬，越舞越高兴，嘴里嚷着：

"看到没有，鞭子可以向前、向后、向左、向右、向上、向下挥动……手腕一定要有力……鞭子这样出去，哗啦一下，就勾住对方的脖子，呼噜一下，就把敌人勾到面前，然后鞭子这样一甩，打得他落花流水。"小燕子一边说，一边舞着鞭子，谁知，表演得太卖力了，一个"落花流水"之后，那鞭子竟然脱手飞去，高高地挂在一棵松树上面了。小燕子大惊，说：

"哗！这鞭子被金琐带坏了，怎么不听话？叫它回来，它往外走，"就回头喊，"小邓子！给我把鞭子拿回来！"

"啊？拿回来？"小邓子就跑到树下，抬头看着那棵树，一筹莫展。

大家全都来到树下。

"太高了，恐怕要去找一个梯子来！"紫薇说。

"什么梯子，我用轻功就上去了！"

小燕子飞身上蹿，伸手去捞鞭子，奈何无处落脚，鞭子仍然卡在两棵树之中。

小燕子不相信自己的轻功竟然那么烂，再飞一次，松枝勾住头发，把发簪都扯掉了。紫薇看得心惊胆战，连忙阻止：

"好了，你不要再跳了，危危险险的，待会儿又撞了头！金琐，哪儿有梯子！""这么高的梯子，哪儿有？"明月异想天开，提议：

"小邓子，我们来叠罗汉，试试看拿得着、拿不着！"

"对对对！叠罗汉！大家赶快叠罗汉，给我把鞭子拿下来！"小燕子喊。

于是，一群人就跑到树下去叠罗汉，小卓子在最下面，小邓子站在他肩上，明月危危险险地爬上小邓子的肩，彩霞抱住小卓子往上攀，大家还没爬到一半，一个站不稳，尖叫着全体摔落地。

"好了好了！不要叠罗汉了，这个办法也行不通！"紫薇忙叫，看着大家，"你们没有一个人会爬树吗？"

小燕子恍然大悟：

"对呀！爬树就行了嘛，真笨！"就命令大家，"爬上去！爬上去！"

小燕子以身作则，第一个往上爬，小卓子、小邓子跟着往上爬。

紫薇、金琐、明月、彩霞全仰着头观看。

大家爬得气喘吁吁。

正在这紧紧张张的时刻，尔康、尔泰过来了，见状大惊。

"你们这是在干什么？为什么都爬在树上？"尔康问。

小燕子抱着一根树枝，危危险险地挂在那儿，拼命伸手去拿九节鞭，嚷着说：

"别吵别吵，我就快拿着了！"

尔泰看得心惊胆战：

"你小心一点啊！别摔下来啊！"

"喂喂，谁要告诉我，这是干吗？"尔康惊奇极了。

"就是要拿那根鞭子嘛！"紫薇说。

"拿鞭子啊？"

尔康就轻轻松松地一跃，姿态优美地飞身而上，取下鞭子，翩然落地。

小燕子还挂在树上，瞪大眼睛嚷：

"你就这样拿下去了？""是！"尔康喊着，"你快下来吧，皇上要你和紫薇到御花园里去赏花！五阿哥已经去了，快走！别让皇上等你们！"小燕子听到皇上传唤。这才跳下了地。大家也不练九节鞭了，赶快整衣梳妆，去见皇上。

乾隆看到神清气爽的紫薇，心里好生安慰：

"紫薇，你身上的伤，完全好了吗？"

"回皇上，完全好了！"花园中，姹紫嫣红，繁花似锦。乾隆看着小一辈，小燕子活泼，紫薇沉静。永琪俊朗，尔康儒雅，尔泰潇洒，几乎个个郎才女貌，不禁欣悦。心里想着令妃的暗示，小燕子不小了，和福家兄弟又走得很近，不知道该许给尔康好，还是许给尔泰好？就对小燕子和福家兄弟，多看了两眼。

"好极了！今天把你们找来，是因为，朕想'微服出巡'了！小燕子，紫薇，你们是不是真的也要去？"小燕子一听，兴奋得不得了，冲口而出地叫：

"当然真的了！最近，我们好倒霉。皇阿玛带我们出去走走，说不定我们的霉运就过去了！"

"朕不明白，你的霉运，跟出门有什么关系？""当然有关系了！人逢喜事精神爽嘛！出门就是喜事，有了喜事精神就爽，精神一爽，霉运自然不见。""你那么爱出门，朕看你是'女大不中留'，年纪到了！看样子，得给你找婆家了！"乾隆笑着说，眼光在小燕子身上转来转去。

小燕子大惊，脚下一绊，差点摔了一跤。紫薇急忙扶住。

尔泰和永琪互看，两人都有些紧紧张张。

"小燕子，你怎么了？听到找婆家，乐得站都站不稳？"乾隆打趣。

"皇阿玛，别开这种玩笑了，吓得我差点晕倒！我这种人，没有婆家要的啦！您千万别费这个心！"小燕子嚷道。

"怎么会没有人要呢？"乾隆抬头，有意无意地看着尔康，"尔康！把还珠格格指给你，如何？要不要？"

尔康大惊，还来不及反应！

小燕子一个踉跄，"砰"的一声，就跌倒在地。

紫薇慌忙去扶，手忙脚乱，被小燕子一拉，也一屁股坐倒在地。

宫女们忙着去搀扶两人。

尔康、尔泰、永琪看着摔倒的两人，个个都有心事，显得紧紧张张。

乾隆惊奇，瞪着小燕子和紫薇：

"你们两个是怎么回事？"

两人站起身来，都有一些狼狈。小燕子揉着膝盖，抬头看乾隆，抗议地说：

"皇阿玛，这种事情，您老人家不跟我私下商量吗？我好歹是个姑娘家嘛，这样一问，如果人家不要，我的面子往哪儿搁？我知道您喜欢尔康，可是，人要忠厚一点，别害人家嘛！"

"什么忠厚一点？你说的话，朕听不懂，怎么会害人家呢？"乾隆惊愕。

"您跟谁有仇，再把我许给他吧。没有仇，就饶了人家吧！哪个娶了我，哪个就是倒霉蛋！"

"哦？你对自己，评价这么低呀？"乾隆瞪着小燕子。

"皇阿玛！快别开玩笑了，我们言归正传，谈谈'微服出巡'的事好不好？您准备化装成什么人？我们去哪儿？"小燕子急忙转话题。

乾隆一笑，便丢开了那个问题，看大家：

"尔康，你的计划是怎样？"

尔康看着紫薇出神，竟然没有听到。尔泰急忙撞了尔康一下：

"你想什么？皇上在问你话，问你对'微服出巡'的计划是怎样？"

尔康这才回过神来，慌忙看乾隆，勉强整理自己零乱的思绪，乾隆见他魂不守舍，误会了，笑吟吟地看着他。

"回皇上，我想，还是化装成商人比较好，皇上是'老爷'，五阿哥是'少爷'，我跟尔泰是随从，还珠格格跟紫薇是丫头！纪师傅还是师傅，阿玛、傅六叔、鄂敏是伙计，大家跟老爷去收账，并且一路游山玩水！这样，您身边除了纪师傅，都是武将，就不用再带很多侍卫，引人注目了！"想了想，"恐怕还要加一个人，胡太医！以备不时之需！"

"好！就是这样！你想得非常周到！"乾隆就抬头看小燕子，"那么，小燕子，你把《古从军行》背给朕听听！"

"《古从军行》啊？"小燕子一怔。

"怎样？不是讲好条件的吗？""可是，我还没有背，最近好忙，没时间念！可不可以不背呢？"小燕子说。

"不背？那就不能跟朕出门！"乾隆一本正经。

"那……明天，明天再背，好不好？我马上回去念？"小燕子急了。

"好！明天！一言为定！"

逛完御花园，三个臭皮匠，就聚集在永琪书房里开紧急会议。

"我们三个，一定要好好地研究一下了，我觉得，现在情况复杂，隐忧重重，我真的担心得不得了！你们听皇上今天那个口气，万一紫薇还来不及禀明身份，皇上就来个乱点鸳鸯谱，那怎么办？"尔康紧张地对尔泰和永琪说。

永琪心事重重，也是一脸的焦急，在室内兜圈子。"是啊！现在所有格格里，就是小燕子和你年龄相当，皇阿玛看到小燕子和福家走得那么近，一定误会了！今天明摆在那儿，就是刺探我们一下！"

尔泰瞪大眼睛，愤愤不平地说：

"皇上每次就想到尔康，总是把我这个做弟弟的忽略掉！要指婚，也不一定指给尔康呀，指给我不是皆大欢喜吗？你们不要急。改天我跟皇上禀明心迹，让皇上把小燕子指给我，解除尔康的危机！"永琪手里的折扇，"啪"的一声掉落地，瞪着尔泰，结舌地问：

"什么心迹？什么心迹？尔泰，你什么时候和小燕子有这个，有这个……默契的？"

"什么默契？"尔泰一股天真状，拾起扇子，交给永琪，"尔康有难，做弟弟的不挺身而出，那要怎么办？小燕子总不能先抢了紫薇的爹，再抢紫薇的心上人吧？"

尔康想了想，越想越高兴：

"好好好！就这么办！尔泰，要说就得快！小燕子嫁了你，大家还是一家人，这样好！她和紫薇从姐妹变成妯娌，这一辈子就再也不用分开了，我想，小燕子也会喜欢的，这样再好不过了！"就对尔泰作揖，"谢谢！"

永琪这一下急坏了，跳脚说：

"好什么好？你们都把我忘了是不是？"尔泰瞪着永琪，看了好一会儿，大叫说：

"五阿哥！我总算把你心里的话给逼出来了！"

"五阿哥！你不行啊！你是小燕子的兄长啊！"尔康惊看永琪。

永琪一阵烦躁：

"现在，我们不是在努力让她们各归各位吗？等到她们各归各位的时候，我就不是兄长了呀！事实上，根本就不是兄长嘛！我和她，一点血缘关系都没有！就因为我知道不是兄长，才没有约束自己的感情！"

"这有点麻烦！"尔泰凝视永琪。

"什么麻烦！"永琪更加烦乱。

"除非你用阿哥的身份，命令我不加入战争，否则，我们只好各凭本领！"尔泰一本正经地说。

"尔泰！"永琪喊，脸色一沉。

尔康看看永琪，又看看尔泰，伤脑筋地喊：

"你们认为现在的状况还不够复杂是不是？你们两个还这样搅和！"

永琪急得脸红脖子粗，一脸的汗，痛苦地看着尔泰，哑声问：

"尔泰，你是认真的吗？""当然认真！窈窕淑女，君子好逑！你不是唯一的君子！"尔泰瞪大眼睛。

永琪呆了半晌，心里挣扎，在室内像困兽般兜了好多圈子，最后，往尔泰面前一站，几乎是痛苦地说：

"尔泰，你明知道我没办法用阿哥的身份来命令你！这些年来。我们情同手足，这份友谊，对我而言，实在太珍贵了！"就一咬牙，"好！我退出！只有你去表明心迹，才会快刀斩乱麻！我，就死了心、认了命，当这个莫名其妙的兄长吧！"

尔泰感动极了，凝视着永琪：

"五阿哥，谢谢你这几句话，对我也太珍贵了！但是，这样的割舍，你会不会很心痛呢？"便对永琪嘻嘻一笑，"既然和你情同手足，我怎么忍心夺人所爱呢？"

永琪一震，盯着尔泰：

"你是什么意思？"

尔泰就对永琪诚挚地说：

"有你这一番话，我就心甘情愿做你的跟班了！事实上，我老早就知道你对小燕子的感情，老早就退出了战争。因为，我发现，小燕子只有对你说话的时候，才会脸红！"

"是吗？"永琪惊喜，"她跟我说话的时候会脸红？那代表什么？"

"我不知道那代表什么！我只知道，如果她会为我脸红，我不会把她让给你！"

"尔泰，你是诚心说这些，不因为我是阿哥？"永琪眼睛发亮了。

"我是诚心的，不因为你是阿哥！好了，我们把混沌的感情局面先弄清楚，再来商量以后的大事！"尔泰说。

永琪大喜，伸手猛拍着尔泰的肩：

"尔泰，承让了！我会谢你一生的！"尔康瞪着两人，烦恼得一塌糊涂。

"你们不要谢来谢去了，我听得更烦了！五阿哥，你这是个遥远的梦！想想看，她现在是还珠格格，跟你有兄妹的名分，什么都不能谈！如果有一天，她不是还珠格格了，她就是平民女子，你贵为阿哥，皇上怎么会让你配一个平民女子呢？除非你收她做个小妾！可是，小燕子虽然出身贫寒，言谈之间，对女子的权利，非常维护，恐怕不是甘愿做小老婆的人！"

永琪傻住了，痛苦地说：

"是啊！这是一个遥远的梦。""有梦，总比没梦好！不是有成语说'美梦成真'吗？大家走着瞧吧，焉知道美梦不会成真呢?"尔泰鼓励大家。

"这一下,要皇上不乱点鸳鸯谱,更难了!"尔康叹气。

"我还发现一件事,觉得非常危险!"永琪想到什么,看着尔康。

"什么事?""紫薇表现得那么好,皇阿玛显然已经太喜欢她了!我们都知道她是皇阿玛的骨肉,紫薇自己也知道。可是,皇阿玛并不知道!"尔康坐倒进一张椅子里,大大地呻吟了一声:

"这正是让我胆战心惊的事啊!不行不行,我们一定要马上把真相说出来!"

"不能'马上'说!小燕子现在树大招风,敌人太多!一个不小心,她就会脑袋搬家的!皇额娘一定会把国法家法,通通搬出来,置她于死地!我们要想个法子,让小燕子和紫薇双双拿到一个皇上的特赦令,准她们两个无论犯了什么错,都免于死罪!然后再说出真相!"永琪说。

"这个'特赦令'哪有这么容易!皇上从来没有发过这种命令!"尔康喊。

尔泰深思起来,眼睛里燃着光彩,声音里充满信心:

"唔,不一定很难。这次微服出巡,就是一个机会!大家朝夕相处,如果她们两个表现得好,我们乘机敲边鼓,说不定会成功!我觉得,紫薇和小燕子都各有功夫,让皇上不喜欢都难！有希望！有希望！"

他就充满信心地看永琪和尔康："你们两个，是'关心则乱'，我现在最超然、最理智，你们听我的，没错！"

尔泰说得神采飞扬，尔康和永琪都看着尔泰，不禁跟着尔泰兴奋起来。"唔，这次的微服出巡意义重大！可是……"

"可是，小燕子还没背出《古从军行》来，怎么办？"永琪忽然大叫。

"我们大家想个办法，帮她忙，让她快读快背！"

尔康跳起身子。

"快读快背？"永琪沉思。

几乎是毫不耽搁，三个臭皮匠就来到了漱芳斋的小院里。

永琪拿着一把长剑舞得银光闪闪，像一条光环，忽上忽下，忽左忽右，好看得不得了。紫薇和小燕子，带着漱芳斋里所有的人，围着观看。看到那把长剑像是活的一样，时而凌厉，时而柔软，大家都看得叹为观止，小燕子尤其赞不绝口。永琪一面舞剑，一面随着剑的动作，念着《古从军行》：

"白日登山望烽火，黄昏饮马傍交河。行人刁斗风沙暗，公主琵琶幽怨多。野云万里无城郭，雨雪纷纷连大漠。胡雁哀鸣夜夜飞，胡儿眼泪双双落。闻道玉门犹被遮，应将性命逐轻车。年年战骨埋荒外，空见蒲桃入汉家。"

永琪舞完，大家掌声雷动。小燕子看得兴高采烈。
永琪就再示范一遍：

"这样拿剑一路往上劈，叫作'白日登山望烽火'，
这样回剑一扫，叫作'黄昏饮马傍交河'，这样唰唰唰唰
舞过去，叫作'行人刁斗风沙暗'，这样咚咚咚咚连续震
动，叫作'公主琵琶幽怨多'！来，小燕子，我们先练这
四句！"

小燕子高兴极了，兴致勃勃地喊：

"这个好玩！"

尔康递了一把剑给她，她就舞了起来，一边舞，一
边念着：

"白日登山望烽火，黄昏饮马傍交河……"大家欣
喜，又叫又跳，喊着：

"学会了！学会了！她会了！"

"这个方法有用，是谁发明的？"紫薇笑着问尔康。

"这叫作'穷则变，变则通！'因材施教，大概就是
这个意思了！"尔康说。

小燕子忘了下面的句子，喊着：

"下面是什么？""行人刁斗风沙暗，公主琵琶幽怨
多。"永琪边舞边教。

小燕子的剑，舞得呼呼作响，嘴里大喊：

"皇上刁难风沙暗，公主背诗幽怨多！"尔康和紫薇

面面相觑。

"她还会改词?"尔康惊问。

"有进步,不是吗?"紫薇说。

尔泰听得直摇头,苦着脸说:

"只怕'皇上听了脸色暗,公主禁足幽怨多'!"

永琪毫不懈怠,也毫不泄气,继续舞着剑。

"这一招是'野云万里无城郭',这一招是'雨雪纷纷连大漠'!这一招是'胡雁哀鸣夜夜飞',这一招是'胡儿眼泪双双落'!"

小燕子的剑,越舞越有模有样了,眉飞色舞,连刺好几剑,喊:

"野人……野人怎么啦?"

"不是'野人',是'野云',你心里想着,你这一路的剑劈过去,把一万里的敌人都杀死了,连城市啦、乡村啦,都没有了!"尔康着急,想尽方法帮忙。

小燕子又劈又刺又喊的:

"那下面是什么?什么下雪什么沙漠?"尔泰也忍不住提词,学着尔康教她:

"雨雪纷纷连大漠!你心里这样想,这把剑舞得像雪花一样,和沙漠都连成一大片!看敌人怎么逃?就是'雨雪纷纷连大漠'!""懂了!"小燕子大叫,就兴高采烈地舞着剑,喊着,"野人万里打不过,剑像雪花和沙漠!"大家全体傻眼了。

然后，小燕子在永琪、尔康、尔泰和紫薇的护航下，到了乾隆面前，郑而重之地背《古从军行》，还把乾隆拉到御花园里，以便容易给小燕子提示。

大家在御花园里，边走边逛边看小燕子背诗。小燕子充满信心地说：

"好不容易！我都背出来了！"

紫薇、尔泰、尔康、永琪都看小燕子，每个人都紧紧张张，对小燕子毫无把握。

于是，小燕子眼睛看着永琪，手中虚拟着有剑的模样，不敢动作太大，只是小幅度地劈来劈去。永琪也小幅度地示意着，手臂忽上忽下、忽左忽右。乾隆左看右看，看得纳闷极了。小燕子就开始背了：

"白日登山望烽火，黄昏饮马傍交河。皇上刁难风沙暗……"

紫薇轻轻一哼，慌忙扯小燕子的衣服。

尔康咳嗽，尔泰清嗓子，永琪手中虚拟的剑动作大了些，嘴里忍不住小声提示：

"唰唰唰唰……"

乾隆惊奇地看大家：

"喂，你们大家在做什么？"

大家吓了一跳，慌忙收收神，看花的看花，看天空的看天空。

"背错了！背错了！是'行人刁斗风沙暗，公主背诗幽怨多'！"小燕子更正。

几个年轻人又咳嗽的咳嗽，哼哼的哼哼，舞动的舞动……

乾隆看着大家，又好气又好笑，故意不动声色，说："背下去！"

"皇阿玛，下面有一点难，我要一把剑来帮个忙！"小燕子说。

"什么？背诗跟剑有什么关系？"乾隆真的被搅糊涂了。

"没有剑，找根树枝也可以！"

小燕子就去摘了一根树枝，这一下精神来了，把树枝当剑舞了起来。

"我重背一遍！"就边舞边背，"白日登山望烽火，昏黄饮马傍交河。行人刁斗风沙暗，公主琵琶幽怨多。"大家呼出一口大气，彼此安慰地对着点头。永琪手中的虚拟之剑，又连续舞动。

小燕子就一口气背了出来：

"野人万里打不过，剑气如雪连沙漠。胡雁哀鸣夜夜飞，胡儿眼泪双双落。听说玉门还被遮，应该杀他一大车……"

尔康跺脚大叹，尔泰用手蒙住了脸，永琪手里那把虚拟的剑也不见了，紫薇叹气低头，看着脚下，不敢看乾隆。

乾隆一听，简直不知所云，生气地大叫：

"好了好了！你这样手舞足蹈地背诗，还背了一个乱七八糟！朕简直不知道你在做什么？"小燕子委屈来了，抱怨地说：

"皇阿玛，你应该找一首容易一点的诗嘛！这首跟我的生活都不相关，怎么背嘛！句子又那么多，记了这句，忘了那句！一下胡人，一下野人，一下大雪，一下沙漠，一下白日，一下黄昏，没有皇上，倒有公主……这种诗，会让我的脑筋打结、舌头打结，真的不好背嘛！"

"那么，你们大家比来比去，指手画脚，是在干什么？"乾隆问。

尔康叹气了，说：

"皇上就别研究了，这是一次失败的教学方式！本想让格格把这首诗当成"剑诀'来背，谁知，她剑都练会了，'剑诀'练不会！"

乾隆这才恍然大悟，睁大眼睛：

"剑诀啊？原来这样指手画脚，是在舞剑！是谁编的剑谱？亏你们想得出来！"就瞪着大家，"那么，你们大家说，小燕子这首诗，算是过关了吗？"

"已经很难得了，前四句都没有错！"永琪说。

"'胡雁哀鸣夜夜飞，胡儿眼泪双双落'这两句也没错！"尔康说。

"后面虽然错得比较离谱一点，'玉门'两个字还是对的……"尔泰说。

乾隆气得直吐气：

"你们的意思是说，这算是'会背'了？"

小燕子知道难过关，挺身向前，忽然异想天开，建议说：

"紫薇代背，好不好？"

"代背？这还能代背的吗？"乾隆问。

紫薇见小燕子过不了关，很着急，就一步上前，对乾隆屈了屈膝，说：

"皇上，我代格格另外背一首诗。皇上如果喜欢，就让格格过关吧！如果不喜欢，再让她回去念！好不好？"

"你要另外背一首？"乾隆看着紫薇。

"是，另外背一首！"

"你背，朕听听看！"

"我想，现在大家心情愉快，正计划着要出游，不要背《古从军行》吧，那首诗凄凄凉凉，咱们现在国泰民安、风调雨顺，何必背那么苍凉的诗呢？"

乾隆觉得有理，这几句话听得非常舒服："好！不要背那首，那你就换一首欢乐的诗背给大家听听！"

"是！"紫薇应着，就清清脆脆地朗声背诵起来：

"春云欲泮旋蒙蒙，百顷南湖一棹通。回望还迷堤柳绿，到来才辨榭梅红。不殊图画倪黄境，真是楼台烟雨中。欲倩李牟携铁笛，月明度曲水晶宫。"

紫薇背完，乾隆惊喜莫名地看着紫薇，一脸的不相信：

"这是朕的诗！你居然会背朕的诗！""是！奴婢斗胆了！念得不好，念不出皇上的韵味！"

乾隆盯着紫薇：

"你知道这是朕什么时候作的诗吗？"

"是皇上在乾隆十六年二月，第一次下江南，在嘉庆游南湖作的诗！"

乾隆太意外了，太惊喜了，看着紫薇，对这个灵巧的女子，打心眼儿里喜欢起来。

"哈哈哈哈！小燕子，你的这个帮手太高段了！朕甘拜下风！算你过关了！"抬头看大家，"至于你们的'剑诀'，哼！"乾隆想想，想到小燕子手拿树枝，指手画脚状，实在忍不住，又大笑起来了。"哈哈！哈哈！剑诀，点子想得不错！只是学生太糟了！"再想想，又笑，"什么'皇上刁难风沙暗，公主背诗幽怨多'哈哈哈哈！算了算了，《古从军行》到此为止，你们就好好地给我筹备'微服出巡'的事吧。哈哈哈哈！"在乾隆的"哈哈"声中，大家也跟着嘻嘻哈哈。

尔康知道小燕子过关了，终于松了一口气。可是，乾隆看紫薇的眼神，那么欣赏，那么怜惜，尔康就又觉得有点不对劲，担心极了，再看心无城府的小燕子，想到乾隆的暗示，更加烦乱。永琪和尔泰，嘴里跟着乾隆打哈哈，心里也都各有心事。大家虽然都在笑，却只有乾隆笑得最是无牵无挂了。

第二册完，待续第三册《真相大白》

（京权）图字：01-2025-0195

图书在版编目（CIP）数据

还珠格格．第一部．2，水深火热／琼瑶著．--北京：
作家出版社，2025.1．--（琼瑶作品大全集）．-- ISBN 978-
7-5212-3236-3

I．I247.5

中国国家版本馆 CIP 数据核字第 2025C6U422 号

还珠格格　第一部 2　水深火热（琼瑶作品大全集）

作　　者：琼　瑶
责任编辑：翟婧婧
装帧设计：棱角视觉　纸方程·于文妍
责任印制：李大庆　金志宏
出版发行：作家出版社有限公司
社　　址：北京农展馆南里 10 号　　邮　　编：100125
电话传真：86 - 10 - 65067186（发行中心）
　　　　　86 - 10 - 65004079（总编室）
E - mail: zuojia@zuojia.net.cn
http://www.zuojiachubanshe.com
印　　刷：三河市龙大印装有限公司
成品尺寸：142×210
字　　数：116 千
印　　张：6.625
版　　次：2025 年 1 月第 1 版
印　　次：2025 年 1 月第 1 次印刷
ISBN 978 - 7 - 5212 - 3236 - 3
定　　价：2754.00 元（全 71 册）

品 琼 瑶 经 典

忆 匆 匆 那 年

琼 瑶 作 品 大 全 集